Il Dolce Natale delle Highlands

Sweet Home Highland Christmas

Serie della famiglia Pennington - 2nd Italian Edition

May McGoldrick

with

Jan Coffey

Book Duo Creative

Grazie per aver scelto *Il Dolce Natale delle Highlands.* Nel caso in cui apprezzassi questo libro, ti invitiamo a condividere la tua opinione lasciando una recensione o a metterti in contatto con gli autori.

ENJOY!

Nikoo & Jim

[signatures]

Capitolo Uno

Sutherland
Le Highlands Scozzesi
11 dicembre 1817

IL CAPITANO GREGORY PENNINGTON posò coltello e forchetta e lanciò un'occhiata alla sala della locanda affollata. Dov'erano queste maledette persone che doveva scortare a Baronsford?

A soli quindici giorni dal Natale, aveva tutto il diritto di essere impaziente. Il ghiaccio e il vento avevano reso difficile il viaggio lungo la strada costiera fino a Helmsdale e il resto del viaggio verso sud, verso i Borders, non prometteva di essere migliore. Avrebbero avuto bisogno della maggior parte di quei giorni per raggiungere la tenuta di famiglia e lui era ansioso di arrivare a destinazione.

La stanza ronzava di voci e di attività. Dense nuvole di tabacco aleggiavano sotto le travi annerite, e l'odore caldo e umido della lana bagnata e dell'aria salata del mare riempiva i suoi sensi. I viaggiatori di una carrozza diretta a nord si accalcavano accanto al fuoco scoppiettante, battendo i piedi e riscaldandosi, e tutti i tavoli erano pieni. Sembrava che tutti i viaggiatori della costa orientale della Scozia stessero cercando di tornare a casa.

Casa. Penn pensò ai cambiamenti avvenuti a Baronsford. Tra tutti i luoghi del mondo, il vecchio castello era sempre casa sua. Lui, suo fratello e le sue tre sorelle avevano trascorso lì tutte le estati sul fiume Tweed, correndo per le foreste, cavalcando, nuotando e prendendo il sole sulle rocce del lago. Era stato un posto splendido dove crescere.

Il cambiamento è un fattore inevitabile nella vita. Lo sapeva, e Baronsford aveva subito dei cambiamenti, senza dubbio. Dopo la morte della prima moglie e del figlio di suo fratello Hugh, sul luogo era calato un gelo durato otto anni.

Ma, come l'inverno alla fine si trasforma in primavera, la vita era finalmente tornata a Baronsford. Suo fratello e la sua nuova moglie la stavano rendendo di nuovo una casa. Penn aveva potuto constatarlo di persona quando aveva partecipato al loro matrimonio lo scorso giugno. Era un cambiamento felice. La casa risplendeva di nuovo di calore e di sole. E ora Grace era in dolce attesa. Un'altra generazione di Pennington stava per iniziare.

I pensieri di Penn si soffermarono sulla sua famiglia. Ogni Natale tornavano tutti a casa nei Borders. Indipendentemente dalla posizione del clero sulle celebrazioni di Yule, Baronsford ospitava uno dei suoi due balli annuali il giorno dopo Natale. E così molti membri delle famiglie più importanti del regno sfidavano il clima invernale spesso rigido dell'Inghilterra settentrionale e della Scozia per partecipare all'evento. E ogni anno, insieme ai festeggiamenti, Penn affrontava le inevitabili canzonature da parte di sua madre e delle sue sorelle riguardo al matrimonio.

Era ancora convinto che non si sarebbe mai sposato finché non avesse messo radici solide in un posto tutto suo. Essendo il secondogenito di un conte, si era buttato a capofitto nel plasmare la propria vita. Costruttore per natura, un incarico presso gli Ingegneri Reali gli aveva fornito la carriera di cui aveva bisogno. Fino ad ora.

Ultimamente, avvertiva un crescente senso di insoddisfazione nei confronti della vita militare, con la sua mancanza di stabilità, sia nei luoghi che nelle relazioni. Era sempre più consapevole di quanto fosse stanco di non poter pianificare la propria vita con la stessa precisione con cui costruiva strade o ponti. Inoltre, con la fine delle guerre con la Francia, il governo si stava concentrando sulle sue colonie all'estero. C'era molto da fare in India, Canada e Australia, ma lui non voleva partecipare. Non più.

Penn aveva già comunicato al Corpo la sua intenzione di rinunciare all'incarico. Aveva bisogno di una nuova avventura. Una nuova vita. Era pronto a cercare un posto dove stabilirsi, costruire una casa e magari esercitare la professione che ancora amava. Poi avrebbe preso in considerazione l'idea del matrimonio.

La destinazione che aveva in mente avrebbe sicuramente creato scompiglio nella sua famiglia. Boston, in America. Una città in crescita che, a detta di tutti, era in una fase di crescita esplosiva. Sebbene lui non ci fosse mai stato, i Pennington non erano estranei al luogo. Suo zio, sua moglie e i suoi cugini vivevano lì, quindi Penn aveva già dei contatti. Tuttavia, era molto lontano.

Aveva intenzione di annunciare alla famiglia la notizia del trasferimento proprio questo Natale.

Penn si guardò intorno nella sala da caffè. Dov'erano queste persone? Se avesse cavalcato verso sud come aveva pianificato, sarebbe stato ormai già a metà strada per Baronsford. Ma la lettera di suo fratello, insieme a una carrozza, gli era arrivata il giorno prima della partenza. Era un messaggio curioso. In qualità di Lord Justice, Hugh era scrupolosamente esplicito, ma il messaggio era stato insolitamente criptico. Penn doveva raggiungere quattro adulti e un bambino a Helmsdale. Stavano viaggiando da una tenuta nel Sutherland verso i Borders per incontrarsi con Lady Dacre, una vicina dei suoi genitori nell'Hertfordshire.

Una porta si aprì e una folata di vento accompagnò un cocchiere all'interno.

"*Ceathrú uaire*! Quindici minuti prima della partenza verso nord!" gridò l'uomo, battendo le mani rivestite di lana e lanciando un'occhiata intorno a sé. "Prendete posto o sarete lasciati indietro!".

Una cameriera passò accanto a Penn, portando del cibo a una

giovane coppia seduta con le mani intrecciate a un tavolo nell'angolo. Sposi novelli, pensò, chiedendosi dove fosse la loro casa.

Gli occhi di Penn vagavano da un tavolo all'altro, alla ricerca delle persone che avrebbe dovuto portare a Baronsford. Alcuni viaggiatori si stavano dirigendo verso la porta, avvolgendosi addosso le sciarpe pesanti e i cappotti per prepararsi alla prossima tappa del loro viaggio.

La sensazione di essere osservato attirò di nuovo lo sguardo di Penn nella stanza fino a quando non vide, in piedi proprio accanto a lui, una bambina infagottata in un cappotto color mora. All'interno del cappuccio bordato di pelliccia, dei riccioli castano chiaro incorniciavano un piccolo viso dalle guance rosee. Per quanto piccola, la bambina illuminava di colore la stanza grigia. I suoi occhi marroni allungati, attenti, scuri come la notte, lo fissavano con attenzione. Non aspettò che lui parlasse.

"Quanti anni hai?" chiese gravemente il piccolo angioletto.

Penn si guardò intorno alla ricerca della famiglia della bambina. Non c'erano molte possibilità che una fanciulla si perdesse in un posto come questo, ma fu sollevato nel vedere una donna magrissima che teneva d'occhio la sua visitatrice da un tavolo vicino.

"Trenta". Penn allontanò il piatto. "E tu?"

"Hai figli?" continuò lei, ignorando la sua domanda.

La donna che li osservava iniziò ad alzarsi proprio mentre la cameriera stava portando i piatti di cibo al loro tavolo.

"Nessuno", rispose. "Che io sappia".

Un sopracciglio si inarcò leggermente. "Qualche moglie... che tu sappia?".

Penn si chiese se si fosse sbagliato a pensare che quella minuscola fanciulla fosse una bambina. Anche se sembrava avere non più di cinque o sei anni, sembrava capire più di quanto avrebbe dovuto per la sua età.

"Niente mogli", le disse. "*Di questo* sono sicuro".

"Sei un povero, dunque?".

"Un povero?" Penn ripeté, cercando di non sorridere. Gli risuonarono nelle orecchie gli echi di conversazioni simili che aveva avuto con le sue sorelle.

"È una domanda semplice".

"No, non sono un povero".

"Allora perché non ti sei sposato? Sei abbastanza adulto. Indossi un'uniforme. Non sei un povero".

"Ti ha mandato mio padre?" chiese. "O è stata mia madre?".

La fanciulla si avvicinò un po' di più e gli fece un cenno con il dito. Penn si chinò, lei abbassò la voce e chiese in tono confidenziale: "Non sei un papista, vero?".

Penn scosse la testa, temendo di scoppiare a ridere se avesse provato a rispondere e intuendo che la sua interrogatrice si sarebbe potuta offendere per una simile reazione.

"*Giùlain thu fhèin*, Ella. Comportati bene", disse la donna avvicinandosi al tavolo. "Mi dispiace che vi stia disturbando, Capitano. Temo che questa signorina possa essere un po' fastidiosa".

"Per niente", rispose lui.

"Questa è la mia bambinaia", gli disse Ella.

"Capisco". Penn annuì gentilmente.

"Vieni, ragazza. Un piatto caldo di stufato ti aspetta al nostro tavolo". La donna cercò di prendere la mano della bambina, ma Ella si divincolò fuori dalla sua portata.

"Posso avere solo dieci minuti per conversare con questo signore?".

"No. È ora di mangiare".

"Cinque allora?"

"Ella..."

"Due minuti. Ha detto che non lo sto disturbando. Per favore, Shona", disse la giovane ragazza con la maestria di un'attrice che sa come conquistare il suo pubblico. "Due. Solo due. Devo dirgli qualcosa. Per favore".

L'espressione esasperata della domestica disse a Penn che si trattava di un comportamento abituale. Scosse la testa.

"Dammi un minuto e ti prometto che finirò la mia cena e mi siederò in silenzio fino alla prossima fermata".

"Sappiamo entrambe che ci sono tante probabilità che questo accada quanto...". Shona guardò Penn con aria di scusa. "Se siete sicuro che non vi stia dando fastidio, Capitano... io sono qui. Sono proprio lì. Vi prego di mandarla via se inizia ad esagerare".

Penn si stava divertendo. Il suo stile di vita escludeva qualsiasi interazione abituale con i bambini. Ciò che sapeva di loro era attraverso le storie condivise dai suoi uomini. I neonati non dormivano. Non appena riuscivano a camminare, erano esposti a urti e contusioni ed erano costantemente in mezzo ai piedi. I bambini di cinque e sei anni? Non sapeva come fosse quell'età, ma qualunque fosse la sua idea, questa bambina non vi corrispondeva.

Ella aspettò che la bambinaia si sedesse al tavolo adiacente prima di parlare.

"Shona è sposata con Dougal. Ora è fuori a badare ai nostri bagagli. Si sono sposati tre anni fa". Allungò tre dita. "Il motivo per cui non hanno figli è che li ho sistemati io".

"Li hai sistemati?" chiese, rinunciando a cercare di nascondere il suo sorriso.

"Un po' fastidiosa?". Scosse la testa gravemente. "Io sono *molto* fastidiosa".

E divertente. Penn si chiese come fossero i genitori di questa piccina. L'intelligenza e lo spirito indipendente del bambino dovevano essere una continua sfida. Si ricordò della lettera di suo fratello. Doveva accompagnare quattro adulti e un bambino a Baronsford. Si chiese se fosse questo il bambino.

"Dove vi state dirigendo, signorina Ella?" chiese.

"Non credo sia opportuno che io risponda, o no?". Non attese la sua risposta e scrollò le spalle. "Fie dice che dobbiamo comportarci bene durante questo viaggio. Il nonno le ha detto che è molto improbabile".

"Tuo nonno ha detto così, vero?".

La testa riccioluta rispose di sì con un cenno.

"Forse se mi presentassi, potremmo conversare in modo più appropriato", disse. "Il mio nome è Capitano Gregory Pennington, ma per i miei amici sono solo Penn".

"Bene, io sono Ella, che è il modo in cui tutti mi chiamano. Tranne il nonno. Lui ha una serie di nomi per me che Fie dice che non devo ripetere".

Ricordandosi che doveva fare l'inchino, lo fece. E mentre un sorriso le si insinuava sulle labbra, due fossette si formarono sulle sue guance.

Prima che potesse rispondere, la porta del cortile delle carrozze si aprì e una versione più alta e più adulta della sua inquisitrice in miniatura entrò nella sala della locanda. Degli occhi marroni che riflettevano quelli di Ella scrutarono la folla e il cappuccio cadde all'indietro, offrendo a Penn una chiara visione di una bella ragazza dalle guance rosse. Non aveva dubbi su di chi fosse la bambina.

Avvolta in un grande cappotto blu, la donna si fermò all'interno della porta e si tolse i guanti dalle mani mentre cercava la sua comitiva. Dalla posizione equilibrata alla linea della mascella, tutto in lei indicava forza e sicurezza, e non faceva che esaltare la sua bellezza. La fronte alta e gli occhi limpidi sovrastavano i suoi lineamenti perfettamente simmetrici. Le labbra carnose suscitarono in lui qualcosa su cui preferiva non soffermarsi, viste le circostanze.

Consapevole che l'attenzione di Penn era stata distolta, Ella si voltò e vide la donna nei pressi della porta.

"Quella è Fie", gli disse, correndo tra i tavoli verso di lei.

"Fie" sollevò la bambina mentre delle piccole braccia le si avvolgevano attorno al collo. Le due si presentavano come un'immagine speculare. Un rapido bacio e poi le stesse fossette si formarono sulle loro guance mentre si guardavano negli occhi. La donna sussurrò alcune parole a Ella e le diede un bacio sulla fronte. La piccola ricambiò il bacio sulla fronte. I baci erano richiesti su ogni guancia e venivano ricambiati. Penn riconosceva un rituale quando ne vedeva uno. Erano una bella coppia e si rese conto che anche altri le stavano fissando.

Mentre guardava la donna mettere giù la bambina, Penn aspettò di vedere il fortunato bastardo che avrebbe seguito Fie dal cortile. Non entrò nessuno. Allora dov'era il marito? Le due si avvicinarono mano nella mano al tavolo dove la bambinaia era in attesa.

Penn non riuscì a trattenersi. La sua attenzione era concentrata sul loro tavolo.

"*Cá bhfuil sé?*" chiese la bambinaia in gaelico. "Il Colonnello non è qui?" chiese la bambinaia.

La donna più giovane scosse leggermente la testa mentre cercava di convincere Ella a sedersi a tavola.

"Cosa farete, signora?".

Fie inviò un'altra silenziosa supplica alla bambinaia per deviare la conversazione, ma sembrava essere troppo tardi.

"Non è qui?" sbottò Ella, alzando lo sguardo.

"No, amore mio", rispose Fie. "Ma non preoccuparti. Dobbiamo fare molte soste lungo la strada. Ha tutte le possibilità di raggiungerci".

"Ma non va bene", disse Ella, alzando la voce e scendendo dalla panca.

"Non preoccuparti, tesoro. Perché non..."

"No, Fie. No. Abbiamo molto di cui preoccuparci". Lanciò un'occhiata a Penn e tirò il braccio della madre. "Ma ho la soluzione a questo problema. Vieni. Vieni con me".

Guardò la bambina che cercava di far girare l'adulta verso il suo tavolo.

"Ha trent'anni, non è sposato e non è un poveraccio. E mi piace più del Colonnello Richard".

La donna si chinò sulla bambina. "Tesoro, non hai motivo di preoccuparti. Saremo..."

"No, Fie! Ascoltami!" Battendo il piede, indicò Penn. "Devi chiedere *a lui* di sposarti. Per favore. Così potrai tenermi".

Così potrai tenermi.

L'improvviso shock di imbarazzo di fronte allo sconosciuto fu immediatamente sostituito dal dolore lancinante che provava per lo sfogo infelice di Ella. Freya Sutherland aveva fatto ogni sforzo per proteggere la nipote dai potenziali esiti di questo viaggio, ma la ragazzina aveva visto e sentito tutto. Era ovunque. Ed era una bambina di cinque anni che ne dimostrava venticinque.

Da oltre un mese, la famiglia Sutherland era in subbuglio per la richiesta della vedova Lady Dacre e per le conseguenze che avrebbe avuto sul futuro di tutti loro. Ora si rendeva conto che era sciocco pensare che l'ansia che stavano provando sarebbe passata inosservata alla bambina.

Freya si accucciò fino a trovarsi all'altezza degli occhi di Ella e posò la punta del dito sul mento tremante della ragazzina. Gli occhi marroni incontrarono i suoi ed Ella allungò la mano, replicando il gesto. Freya non si era resa conto di essere lei stessa sul punto di perdere il controllo.

Nessuna delle due era incline a versare lacrime. Erano zia e nipote, ma avrebbero potuto essere anche madre e figlia. Ella aveva solo una settimana quando la sorella di Freya, Lucy, morì per complicazioni dopo il parto. Il padre della bambina era all'estero a combattere contro Napoleone sui campi di battaglia in Spagna. Sul letto di morte, Lucy aveva affidato la sua bambina alla sorella, e Fredrick Dacre era più che favorevole all'accordo, essendo stato tagliato fuori dalla sua famiglia al momento del matrimonio. Freya era ancora addolorata per il fatto che lui non avesse vissuto abbastanza per vedere sua figlia.

Per cinque anni, i Sutherland avevano vissuto in pace, pensando che l'ultima lettera del padre fosse sufficiente per assegnare loro la tutela di Ella in modo permanente. Ma ora tutto stava per cambiare, in un modo o nell'altro. La madre di Fredrick, la vedova del defunto Duca di St. Albans, insisteva per avere la certezza che il futuro di sua nipote fosse sicuro con Freya e con "quegli scozzesi". I tribunali si schieravano a favore della ricchezza, quindi il futuro di Ella doveva essere deciso con la diplomazia e non tramite battaglie legali.

"Non mi lascerai andare, Fie, vero?" chiese la bambina.

"Mai", sussurrò Freya, attirando Ella tra le sue braccia.

"Ma devi sposarti per tenermi".

"Mi sposerò", sussurrò Freya contro i morbidi riccioli. "Resterai con me".

"Ma il Colonnello Richard non è qui. Avrebbe dovuto incontrarci, non è vero?".

"Ci raggiungerà a Dundee", mentì Freya, sperando che il tempo e le condizioni delle strade fossero la causa del ritardo di Dunbar. "Il Colonnello è molto contento che io abbia finalmente accettato la sua offerta. Si unirà a noi e mi sposerò quando sarà il momento".

Ella si staccò dalle sue braccia. "Ma non ti piace".

"Certo che mi piace", mentì ancora Freya, sconvolta dal fatto che i suoi sentimenti fossero così trasparenti.

Doveva sposarsi. Non c'era altro modo. Anche se suo padre, Sutherland di Torrishbrae, era in perfetta salute, stava invecchiando. Senza un figlio, la tenuta in cui aveva trascorso tutta la sua vita era destinata a un lontano cugino, il Colonnello Richard Dunbar, un comandante militare presuntuoso e arrogante. Tutti in Scozia sapevano che l'interesse del Colonnello per Freya era rivolto principalmente alla sua fortuna e lei aveva rimandato per anni la risposta alla sua proposta di matrimonio. Ma ora, con la clausola della vedova che Ella doveva avere una casa stabile e permanente, nonché un sostentamento sicuro per il futuro, Freya non aveva scelta.

"Mi piace abbastanza", disse ancora, cercando di essere più precisa.

"Stai facendo la dannata martire", disse Ella.

"Cosa ti avevo detto riguardo all'uso del turpiloquio di tuo nonno?". Freya la rimproverò, alzandosi in piedi.

"Hai detto che dovevo smettere di parlare come il nonno *quando* saremmo arrivati a Baronsford".

Con la coda dell'occhio, vide l'ufficiale con il mantello rosso al tavolo accanto alzarsi e avvicinarsi.

"Intendevo dire ora, per sempre. Sai benissimo che devi comportarti bene alla tua età".

"Solo se *tu* ti comporti bene per la tua età".

Freya aggrottò le sopracciglia vedendo la sua stessa espressione rispecchiarsi nel piccolo viso. Il signore alto era in piedi sovrastandole. Rabbrividì al pensiero di ciò che doveva pensare, avendo sentito la loro conversazione. Prese la mano di Ella con decisione e le lanciò un'occhiata di avvertimento prima di rivolgersi a lui.

Il petto ampio e vestito di scarlatto dell'uomo le impediva quasi di vedere il resto della sala della locanda. Gli occhi di lei si concentrarono momentaneamente sul pizzo d'oro, sulle mostrine blu e sulle spalline scintillanti.

"Le mie più sincere scuse, Capitano, per l'intromissione".

All'improvviso fu catturata dagli occhi più belli che avesse mai visto in un uomo. Erano di una profonda tonalità di blu e incorniciati da lunghe ciglia scure.

"Io... non dovremmo... non intendevamo...".

"Fie non balbetta mai", disse Ella con fare deciso allo sconosciuto alto. "È imbarazzata".

"*Non* sono imbarazzata", disse Freya alla nipote. "Mi sto scusando".

"Allora fallo", disse la monella. "Ti stiamo ascoltando".

Chi era l'adulto qui? pensò. Freya riportò la sua attenzione sul signore che continuava a rimanere in piedi, con un accenno di sorriso sul viso. Era bello in un modo che la inquietava. I capelli castano scuro gli si arricciavano ordinatamente intorno alle orecchie. Il mento forte e squadrato e gli zigomi scolpiti le fecero desiderare di soffermarsi ad apprezzare la perfetta fisionomia del suo viso. La piccola cicatrice sopra il sopracciglio non diminuiva affatto il suo bell'aspetto. Sembrava avesse preso vita un uomo uscito da uno dei romanzi della signora Radcliffe, un uomo che una donna poteva sognare e che non avrebbe mai immaginato di incontrare.

"Vi prego di perdonare il nostro atteggiamento piuttosto sfacciato. Se foste così gentile da tornare al vostro...".

"Il signore ha finito di cenare, Fie", sussurrò Ella a voce alta. "Sta aspettando una presentazione".

Un sorriso si disegnò sulle labbra dell'uomo. "La signorina ha ragione. È così, se non vi offendete per la *mia* sfrontatezza".

A Freya si seccò la bocca. Qualsiasi obiezione stesse per esprimere la abbandonò all'istante. La sua mancanza di interazione sociale al di fuori della loro piccola cerchia di campagna non poteva essere una scusa per la sua sciocca risposta al gentiluomo, anche se era vero che la loro vita nelle Highlands aveva limitato la sua conoscenza di uomini simili.

"Penso che sia molto più adatto del Colonnello Richard".

Il forte sussurro di Ella era sicuramente stato sentito da tutti i presenti nella sala della locanda.

"Ora basta", disse Freya con fermezza.

Il piccolo folletto alzò le spalle e guardò il capitano.

"Vi presento la signorina Freya Sutherland", proclamò Ella.

Il suo sguardo sorpreso si spostò dal viso di Freya a quello della nipote e viceversa. Ella capiva perfettamente la sua confusione. Anche Ella lo capì.

"Sono un'orfana. Fie è mia zia e la mia tutrice", spiegò la ragazza. "Anche il nonno si prende cura di me, ma minaccia di usarmi come esca per i pesci quando mi comporto come una creatura elfica".

Nonostante la mortificazione, Freya dovette soffocare una risata. Riusciva a sentire suo padre pronunciare esattamente quelle parole.

Senza una pausa, Ella continuò la sua presentazione: "E questo è il Capitano Penny... Penny...".

"Pennington", contribuì con un inchino.

Freya fece un inchino, ma conosceva il nome. La lettera della vedova Lady Dacre aveva menzionato che i suoi amici, la famiglia Pennington, si sarebbero occupati del loro trasporto ai Borders. Il suo sguardo si fissò sullo sconosciuto.

"Siete la persona con cui dobbiamo viaggiare".

"È fantastico", esclamò Ella, sorridendo.

"Spero che il vostro viaggio qui sia stato tranquillo". Il suo sguardo si spostò sul tavolo dietro di lei. "Mi hanno informato che avrei accompagnato quattro adulti e un bambino".

"Al momento siamo un gruppo di tre adulti e un bambino", corresse Freya. "La bambinaia di Ella, un domestico e noi due.

Temo che mio cugino... il mio futuro... sia stato trattenuto inaspettatamente. Sono certa che ci raggiungerà in una delle nostre fermate".

"Ma forse non lo farà", aggiunse Ella, appoggiandosi alle gambe della zia e guardando il capitano.

La bambina aveva l'abitudine di dire quello che stava pensando Freya, ma quest'abitudine non era così carina adesso in presenza di questo sconosciuto.

"Da dove viene?"

"Fort William. Forse ci raggiungerà a Inverness".

"Hai detto Dundee", cinguettò Ella.

"Come si chiama vostro cugino?" chiese il capitano.

Freya esitò per un momento, cercando di decidere quanto voleva rivelare al loro accompagnatore. Essendo un Pennington, era un amico dei Dacre. Nello scambio di lettere con la vedova, aveva informato la donna che avrebbe portato con sé il suo promesso sposo, nonostante l'accordo con suo cugino non fosse esattamente ufficiale.

"Colonnello Richard Dunbar", disse.

Egli corrugò la fronte, segno che si era reso conto di qualcosa.

"Lo conoscete?" chiese Freya.

"Ho sentito parlare di lui". L'uomo distolse lo sguardo.

Quando Ella prese la mano di Freya, le parole che entrambe pronunciarono furono esattamente le stesse. "C'è qualcosa che non va?"

Lo sguardo di lui si posò su Ella per un attimo prima di tornare sul viso di Freya. Scosse la testa. C'*era* qualcosa che non andava, ma il Capitano Pennington non aveva intenzione di parlarne davanti alla bambina.

"Questioni private, tesoro".

Ella batté il piede una volta, ma poi si ritirò senza parole dalla sua bambinaia. Alcuni pensavano che Freya fosse troppo indulgente con la nipote, ma non era vero. Quando era importante, quando era il momento, Ella capiva e reagiva in modo appropriato ai desideri della zia.

Freya si mosse in direzione del camino e il loro accompagnatore la seguì. "Cosa c'è, capitano?"

"Avete un accordo con il Colonnello Dunbar?".

Lo aveva, e allo stesso tempo non lo aveva. Freya non sapeva quanto della sua situazione le interessasse spiegare. "Perché me lo chiedete, signore?"

"Gli ufficiali qui nelle Highlands sono un gruppo piuttosto affiatato, signorina Sutherland".

Esitò, chiaramente soppesando le parole.

"E?"

"Da una quindicina di giorni circola la voce che il Colonnello Dunbar sposerà un'ereditiera, la signorina Katherine Caithness. Il matrimonio doveva aver luogo oggi".

Capitolo Due

Doveva esserci un errore. Suo cugino non l'avrebbe abbandonata all'ultimo minuto.

Mentre la carrozza procedeva lungo la strada ghiacciata, raffiche di vento colpivano i lati del veicolo. Freya stava ripercorrendo con la mente gli eventi. La sua ultima lettera le era stata indirizzata meno di due settimane fa. Diceva di essere *ansioso* di accompagnarla a Baronsford per il ballo di Natale. Incontrare Lady Dacre sarebbe stato un onore, le aveva scritto. Era *lietissimo* che Freya fosse finalmente tornata in sé riguardo alla sua proposta di matrimonio.

Freya era certa che lui avesse capito quale fosse la posta in gioco.

Non avrebbe perso Ella. Affidare sua nipote alla famiglia Dacre non era un'opzione. Il defunto cognato di Freya aveva dodici fratelli e sorelle e nessuno di loro aveva contattato la sorella quando era ancora in vita. E nei cinque anni successivi alla morte di Lucy, nessuno di loro aveva mostrato alcun interesse a conoscere Ella.

Solo dopo la morte del marito, Lady Dacre aveva provato un po' di rimorso per aver ignorato la nipote. Improvvisamente era preoccupata per il futuro di Ella. Disse che era necessario avere una prova che i Sutherland di Torrishbrae erano adatti a prendersi cura di un membro della *sua* famiglia. E riferendosi ai Sutherland, intendeva

Freya, che si era presa la responsabilità di Ella fin da quel primo giorno buio.

Alla locanda, quando il capitano Pennington le aveva riferito le voci su suo cugino, Freya aveva affermato che era stato male informato. Quello che aveva sentito doveva essere un errore. E sperava disperatamente di aver ragione.

Le emozioni le artigliarono il cuore prima di annodarsi in un pugno nella gola. Freya strinse la mascella e si concentrò sulla campagna invernale fuori dal finestrino della carrozza. Le cime ghiacciate del Craig Riasgain e del Beinn Mhealaich si stagliavano silenziose e maestose contro il cielo blu acciaio e le nuvole in arrivo. Doveva rimanere forte. Non arrendersi mai. Spettava a lei garantire il futuro di sua nipote. Ella apparteneva a lei.

Nonostante i solchi ghiacciati e gli avvallamenti della strada che di tanto in tanto li facevano sobbalzare, si stavano muovendo costantemente verso sud. Il suo domestico, Dougal, stava viaggiando sopra, insieme agli uomini del capitano. Era sollevata dal fatto che sua nipote, almeno per il momento, avesse abbandonato l'idea di un matrimonio di convenienza tra il capitano e Freya. La stanchezza si era impossessata della bambina di cinque anni e, poco dopo la partenza, Ella aveva appoggiato la testa in grembo a Freya e si era addormentata. Shona, avvolta in una coperta di fronte a lei, aveva la stessa fortuna di riuscire a ignorare i disagi del viaggio. Freya osservò la domestica incastrare inconsciamente la testa nell'angolo della carrozza e non passò molto tempo prima che le sfuggisse un sommesso russare.

Lo sguardo di Freya si spostò sull'uomo seduto accanto a Shona. Con Ella rannicchiata sul sedile, il Capitano Pennington aveva molto spazio per le sue gambe lunghe e muscolose. Aveva riposto la spada e il cappello bicorno nero in uno scomparto sotto il sedile, dove lei aveva notato un paio di pistole. Mentre lui guardava fuori dal finestrino, gli occhi di lei si soffermarono sulle sue mani forti. Non sapeva molto del suo carattere, se non che la vedova aveva affidato a lui le loro cure. Qualunque cosa Freya pensasse di Lady Dacre, questo la diceva lunga sul capitano.

Lo sguardo di lei si spostò verso l'alto, sul cappotto grigio in kersey, fino al suo bel viso. La testa era appoggiata alla parete posteriore della carrozza. Fissò la sua fossetta sul mento e le sue labbra sensuali e, per un attimo di follia, i suoi pensieri tornarono a quel periodo di anni prima in cui aveva sognato di partecipare alla sua prima stagione e al suo primo ballo. Le sue fantasie non avevano mai riguardato un carnet di ballo pieno o una dozzina di giovanotti in fila a contendersi la sua attenzione. Il suo sogno era sempre stato quello di partecipare e poi incontrare *quello giusto*. Il gentiluomo forte e deciso che avrebbe combattuto chiunque l'avesse offesa nel modo più involontario. L'eroe che l'avrebbe portata via dalla sala da ballo affollata per portarla in un giardino illuminato dove loro due avrebbero...

I pensieri vaganti di Freya si fermarono di colpo. Gli occhi di lui erano aperti. La stava guardando. Sentendo un rossore scaldarle le guance, distolse lo sguardo e lo rivolse in basso al groviglio di capelli di Ella appoggiato sul suo grembo. Ne toccò la morbidezza. Un ricciolo vagante si avvolse intorno al suo dito, proprio come l'essenza stessa della bambina si era da tempo avvolta inestricabilmente intorno al suo cuore.

"Siete *davvero* fidanzata con il Colonnello Dunbar?".

Non aveva intenzione di mentire e di far passare l'accordo per più di quello che era. La loro non era un'unione d'amore. Il fatto che Pennington conoscesse i Dacre non faceva alcuna differenza.

"Abbiamo un accordo. Il Colonnello è mio cugino. Dopo la morte di mio padre, sarà lui il prossimo barone di Torrishbrae. Sono anni che ci si aspetta che convoliamo a nozze".

"Ma sono anni che non l'avete fatto".

"Non mi sono mai trovata di fronte al matrimonio come fattore decisivo per il futuro di mia nipote".

Ecco... l'aveva detto, pensò Freya. L'aveva detto. E sapeva che poteva dirglielo perché se non l'avesse fatto, l'avrebbe fatto Ella. Il piccolo folletto addormentato sulle sue ginocchia aveva già deciso che il Capitano Pennington era un buon partito.

Era un buon partito. Ma solo per una giovane donna con un buon nome e la cui vita non fosse un groviglio di complicazioni.

"State dicendo che Lady Dacre ha preteso che vi sposaste per tenere tua nipote?".

"La vedova vuole essere certa che, una volta scomparso mio padre, io abbia la protezione di un marito e i mezzi per mantenere Ella", spiegò. "Ho una piccola fortuna di mia proprietà, ma gran parte del patrimonio dei Sutherland è legato alle nostre terre. La tenuta e tutte le proprietà che ne derivano saranno ereditate da mio cugino".

"Quindi lo sposerete per mantenere la vostra proprietà".

"Farò di tutto per tenere Ella".

La bambina si mosse. Freya abbassò lo sguardo per assicurarsi che la loro conversazione non l'avesse svegliata. Il respiro regolare della bambina le diceva che stava ancora dormendo.

"La bambina ha ragione. Siete una dannata martire".

Lo sguardo di Freya si alzò sul viso di lui e si acciglio. "Come potete dire una cosa del genere se non mi conoscete?".

"Posso dirlo perché conosco quella famiglia. I miei genitori hanno una tenuta nell'Hertfordshire. Sono vicini di casa, in un certo senso", spiegò. "Era nel carattere del duca controllare e manipolare le vite. Aveva *bisogno* del sangue di martiri. La richiesta di Lady Dacre sembra molto simile a quella del suo defunto marito. Fai quello che ti dico o altrimenti...".

Freya si rese conto che le sue parole erano state pronunciate per solidarietà e si sentì attraversare da un senso di sollievo, conoscendo l'opinione di lui sulla vedova.

"È la figlia di Fredrick?" chiese dolcemente, mentre il suo sguardo cadeva sulla testa scompigliata nel grembo di lei.

Inaspettatamente, il sollievo si trasformò in calore. Non erano tanto le sue parole, ma il tono con cui le aveva pronunciate.

Freya sapeva molto poco del padre di Ella. A quanto pare, aveva una figura affascinante con l'uniforme del suo reggimento. Sua sorella si innamorò di lui dopo che i due si incontrarono a un ballo a Edimburgo. Meno di un mese dopo, fuggirono e si sposarono a

Gretna Green. Fu tutto molto romantico. Purtroppo la famiglia aveva altri progetti matrimoniali per lui, ma a lui non importava. Mandò la sua sposa a casa a Torrishbrae quando tornò a combattere i francesi nella Penisola. E il frutto della loro appassionata storia d'amore ora giaceva rannicchiato tra le sue braccia.

"È sua figlia", sussurrò Freya prima di incontrare nuovamente il suo sguardo. "Lo conoscevate bene?"

"Abbastanza bene", disse. "Ero più grande di circa un anno, ma abbiamo passato del tempo in compagnia l'uno dell'altro crescendo".

"Io e mio padre non l'abbiamo mai incontrato. Nemmeno una volta. E nemmeno Ella", gli disse. "Mi piacerebbe molto ascoltare qualsiasi storia tu possa condividere. La bambina ha così tante domande e non so come risponderle".

"Sarei felice di farlo, se posso".

Lo sguardo del capitano cadde di nuovo sul suo grembo, lei abbassò lo sguardo e trovò gli occhi di Ella aperti.

Freya non era sua madre, ma era stata accanto a Lucy quando Ella era venuta al mondo. E fin dal primo giorno si era presa cura della bambina, aveva amato e festeggiato ogni suo passo e si era preoccupata per ogni bernoccolo e livido. Non sapeva se era in grado di esprimere a parole quanto amasse Ella.

"Hai dormito bene?" chiese, accarezzando la guancia setosa della nipote.

"Posso guardare fuori dalla finestra?"

Non esisteva un risveglio graduale. Dal momento in cui Ella apriva gli occhi, indipendentemente dal luogo e dal momento, era una tempesta scatenata. Si arrampicò sulle ginocchia di Freya per raggiungere la finestra. Ma non era abbastanza. Contorcendosi e usando le braccia e le gambe, spinse e si fece più spazio.

Le sue intenzioni furono subito chiare, perché Freya si ritrovò a scivolare sul sedile fino a trovarsi proprio di fronte al capitano.

"Le mie scuse", sussurrò. "Quando avete accettato di scortarci fino a Baronsford, non potevate sapere che avreste trasportato un kraken e i suoi scagnozzi".

Il suo sorriso le fece rivoltare lo stomaco in modo delizioso. Lo spazio ristretto della carrozza non permetteva a nessuno dei due di allontanarsi.

"Kraken?" rispose. "Avrei detto che potesse essere una creatura mitica molto diversa... una creatura alata generalmente armata di arco e frecce".

Un dosso sulla strada spinse le lunghe gambe di lui contro quelle di lei. Entrambi cercarono di aggiustare la propria posizione sul sedile, ma l'unica scelta possibile era quella di sistemare i piedi di lei accanto a quelli di lui.

"Vostro fratello, Lord Justice, ha l'abitudine di assegnarvi compiti così difficili?".

"Non si parli più di questo viaggio come di una difficoltà", disse dolcemente, mentre i suoi occhi straordinari le scrutavano il viso. "Sono estremamente felice di poter essere utile".

Il suo fascino era più letale del suo aspetto. Freya sentì le sue guance riscaldarsi e cercò di scivolare indietro verso Ella senza successo.

Cercò qualcosa da dire. Qualunque cosa per allentare la tensione che la attanagliava.

"Siete di stanza nelle Highlands?".

"Nell'ultimo anno sono stato assegnato al 93° Reggimento di fanteria".

"I Sutherland Highlanders?" chiese, conoscendo un po' la loro storia. Si trovavano in una regione selvaggia delle montagne a nord di Torrishbrae. La maggior parte dei soldati e degli ufficiali proveniva dalle terre di Sutherland, Ross, Caithness, Orcadi e Shetland.

"Sono un ufficiale dei Royal Engineers, costruisco strade e ponti. I miei ordini sono temporanei".

"Una necessità..." Non riuscì a terminare la frase quando un urto e un salto della carrozza spinsero la sua gamba intimamente a contatto con quella di lui. Erano davvero troppo vicini. "Come potete vedere, abbiamo disperatamente bisogno di una persona del vostro talento qui".

Lo scialle di lana che aveva drappeggiato sulle ginocchia cadde a terra. Lui lo raccolse e glielo stese sulle ginocchia. Lei mormorò una parola di ringraziamento per il gesto premuroso, ma i loro occhi si incontrarono e un'ondata di farfalle si scatenò dentro di lei, sbattendole contro le costole.

Rivolse rapidamente la sua attenzione alla nipote. Seduta a gambe incrociate sul sedile, Ella sorrise loro.

"Tutto questo è noioso. Potete per favore continuare con la conversazione che stavate facendo su mio padre mentre io facevo finta di dormire?".

Cupido potrebbe prendere una o due lezioni da questa piccola, pensò Penn.

Seduto in quella sala della locanda prima che entrassero, si era già fatto un'idea di cosa avrebbe detto a suo fratello, ma ogni lamentela riguardo a questo viaggio a Baronsford era ormai dimenticata.

Queste due lo affascinavano. La più grande, in particolare. Penn contemplò la curva delle labbra di Freya e la fossetta della sua guancia mentre giocava a spingere e rispingere la nipote per ottenere più spazio sul sedile. Per un brevissimo momento, mentre lei era distratta, osservò la linea delicata della sua mascella, l'inclinazione dei suoi occhi scuri e i morbidi riccioli che lo invitavano ad essere toccati.

Una vera bellezza. Ma ciò che rendeva la signorina Freya Sutherland ancora più sorprendente era la sua totale mancanza di consapevolezza di quanto fosse affascinante.

"Stai occupando troppo spazio, bambina fatata". Fece il solletico alla nipote. "Spostati".

"Ho bisogno di tutto questo spazio", si lamentò Ella, roteando le gambe e occupando la maggior parte del sedile.

La risata di Freya era naturale come un ruscello alimentato da una sorgente. "E ho bisogno che tu salga sopra con Dougal. Avrai così freddo che implorerai di tornare dentro per avere solo un piccolo spazio su questo sedile".

"Non lo faresti mai".

"Forse non lo farà, ma per San Duthac, sapete che *io* lo farei, signorina Ella Dacre", brontolò Shona, svegliata dal trambusto.

Mentre la bambinaia e la bambina erano impegnate nella loro battaglia d'ingegno, Penn osservò Freya che cercava di aggiustare le gambe per evitare il contatto costante con il corpo di lui. Ma era inutile. Non c'era nessun posto dove andare. E, francamente, lui non aveva nulla di cui lamentarsi.

Un brusco dosso sulla strada li fece sobbalzare tutti e la reazione immediata di Freya fu quella di rivolgersi a Ella e impedire che la bambina venisse sbalzata dal sedile. Penn, a sua volta, si sporse mentre Freya stava per cadere.

Le sue mani indugiarono sulla vita di lei e un momentaneo profumo di gelsomino gli riempì la testa. Ma la magia finì bruscamente quando lei si sedette, raccogliendo ancora una volta le mani e i piedi. Lui sorrise al rossore che le colorava delicatamente le guance.

"Per quanto riguarda il Capitano Dacre", disse lei di getto. "Prima stavate per raccontarci qualcosa sul padre di Ella".

Il suggerimento era tempestivo. Fissare Freya, inalare il suo profumo e toccarle la vita non faceva altro che suscitare in lui pensieri sbagliati, considerando la situazione e le persone con cui stava viaggiando. Si ritrovò a calcolare quanto tempo era passato dall'ultima volta che aveva goduto della compagnia di una donna.

"Gli assomiglio?" Chiese Ella, rivolgendo la domanda a Penn.

"Devo dire che la tua bellezza deriva dal lato materno della famiglia. Ma ci sono altre somiglianze, indiscutibili, che condividi con tuo padre ".

Era impossibile non notare la vulnerabilità che traspariva dal volto della bambina. Lo sguardo, il silenzio, l'attesa senza fiato. Penn percepì immediatamente l'importanza di quel momento. Stava dando a questa bambina di cinque anni la prima impressione di un padre che non aveva mai visto.

"Aveva un'intelligenza vivace ed era veloce come un aquilone.

Certo, l'ho conosciuto solo quando eravamo giovani, ma anche allora Dacre era capace di farci ridere".

"Vuoi dire che è sempre stato divertente?". Chiese Ella.

"Solo quando era necessario", rispose. "Tuo padre sapeva quando essere divertente e quando essere serio".

Lanciò un'occhiata a Freya e la vide annuire. C'erano molte cose che Penn non aveva intenzione di condividere. Ad esempio, racconti sulla severità priva d'amore del nonno di Ella e sui suoi atteggiamenti duri nei riguardi del dovere, che aveva la priorità rispetto all'amore e anche alla famiglia. Erano cose che Ella non aveva bisogno di sentire. Né aveva bisogno di sapere che Dacre aveva deciso sin dall'inizio che lo scopo della sua vita fosse il ribellarsi ai desideri del padre in qualsiasi direttiva venisse emanata. E spesso aveva segni e lividi che lo dimostravano.

"Era alto?" voleva sapere Ella.

"Assolutamente. Era piuttosto alto".

"Quanto alto?"

"Alto quasi quanto me".

"Aveva i capelli sulla testa?".

"Aveva una folta capigliatura, se ricordo bene".

"Amava i suoi cani? Più del suo dannato valletto, intendo?".

"Come suo nonno", intervenne Freya, assicurandosi che Penn comprendesse la fonte delle colorite domande di Ella.

"Sì, amava i suoi cani".

"Come si chiamavano?"

Penn si scervellò. Non sarebbe riuscito a ricordare i nomi dei fratelli e delle sorelle di Dacre, figurarsi dei suoi cani. "Ne aveva uno di nome Marlowe che amava particolarmente".

"Che nome buffo. Che aspetto aveva Marlowe?".

"Era molto grande. Era marrone e aveva la faccia nera. Era molto gentile, se ricordo bene".

"Mio padre era grasso?"

"No", disse Penn, cercando di rimanere serio. "Non era grasso".

"La sua pancia era grande come quella del nonno?".

Non poteva ridere. La bambina era seria e si aspettava una

risposta. "Non conosco tuo nonno, ma tuo padre non aveva la pancia. Era in forma. Molto attivo".

"A mio padre piaceva fumare per ore e ore e fissare le colline, senza dire una parola, tranne cose come: 'Vai a giocare vicino al fiume. C'è una roccia particolarmente scivolosa nel mezzo...' o qualcosa del genere?".

"Ella..." Freya la ammonì, cercando di contenere il sorriso.

"No, tuo padre non fumava quando lo conoscevo".

"Quando si addormentava accanto al fuoco, emetteva odori così terribili che persino i suoi cani si rifugiavano nelle cucine?".

"Ella, ora basta", disse la zia, riuscendo a malapena a formulare le parole.

Con la sottile traccia di un sorriso sulle labbra, la ragazzina osservò il suo pubblico, soffermandosi su ogni volto e valutando la reazione. Quando si rese conto che i suoi spettatori non stavano ridendo, cambiò strategia. "Sapeva disegnare? O dipingere?"

Penn ci pensò. "Presumo di sì".

"Sapeva cantare o suonare il pianoforte?".

"Credo di sì, anche se non ne sono certo. Eravamo ragazzi e passavamo gran parte del nostro tempo libero a cacciare, pescare e cavalcare. Vuoi che te ne parli?".

Ella fece una smorfia. Era chiaro che non le interessava nessuno di quei dettagli.

"Era un buon ballerino?", insistette lei.

Penn guardò la fossetta sulla guancia di Freya, che cercava di soffocare il sorriso e girò il viso per guardare fuori dalla finestra.

"Non ho mai ballato con lui, quindi non lo so".

Shona sbuffò e si portò un fazzoletto al naso. Freya si girò ulteriormente, nascondendo il viso mentre scrutava l'orizzonte alla ricerca di qualcosa. Penn si grattò la mascella e la guancia, cercando di sembrare pensieroso.

"Non sto facendo la spiritosa. Ho bisogno di sapere".

Il tremore nella voce della bambina annullò il divertimento che Penn stava provando. Freya stava già scivolando sul sedile e tirandosi la nipote in grembo. Ella non mostrava lacrime, ma solo un tremolio a livello del mento mentre teneva i suoi grandi occhi marroni fissi su di lui.

"I miei genitori si sono conosciuti a un ballo. Hanno ballato tutta la notte e si sono amati. Poi sono nata io", gli disse Ella. "Devo sapere se lui era un bravo ballerino, perché so che la mia mamma era una brava ballerina".

"Tuo padre era un ottimo ballerino", disse dolcemente.

Ella rivolse la sua attenzione a Freya. "Stiamo andando a un ballo. Non puoi ballare con un bravo ballerino. Non puoi. Ho cambiato idea. Puoi sposare il Colonnello Richard. Non lo ami e hai detto che non è un bravo ballerino. In questo modo, non te ne andrai come ha fatto la mamma".

Capitolo Tre

AVEVANO percorso metà della distanza che li separava da Inverness e Freya si sentì sollevata quando il capitano Pennington disse loro che non aveva intenzione di viaggiare durante la notte. Ordinò all'autista di fermarsi appena fuori Tain, alla locanda Greystone. Conosceva bene questa zona delle Highlands e la persistente attrattiva del pellegrinaggio a San Duthac durante l'Avvento, quindi non fu sorpresa quando fu detto loro che c'era solo una stanza disponibile per i viaggiatori. Freya, Ella e Shona avrebbero condiviso la stanza mentre gli uomini avrebbero trovato posto per dormire nella taverna e nelle stalle.

La loro sosta qui sarebbe stata breve. Con così poche ore di luce, il capitano voleva essere di nuovo in viaggio molto prima che il sole sorgesse. Ella non le diede problemi e si addormentò velocemente non appena si sistemarono nella stanza. Shona le raggiunse dopo aver cenato con il marito.

"Dougal mi ha detto di dirvi che ha chiesto in giro nelle scuderie. Nessuno ha visto un viaggiatore che corrisponde alla descrizione del Colonnello Dunbar fermarsi qui prima di noi. Naturalmente, ci sono altri posti a Tain dove potrebbe andare a chiedere".

Freya scosse la testa. "Non è affatto detto che si fermi qui. Non sappiamo nemmeno se è dietro di noi o davanti a noi. L'unica cosa che mi fa stare tranquilla è che conosce la nostra destinazione". Prese la lettera che aveva scritto a suo cugino dopo che Ella si era addormentata. "Per sicurezza, la lascio al locandiere di sotto".

Guardò il prezioso viso della nipote addormentata dall'altra parte della stanza.

"*Siuthad*, signora. Andate. Non la perderò di vista".

Freya non aveva intenzione di dirlo alla domestica, ma lasciare la lettera per il Colonnello era solo una scusa per scendere al piano di sotto. Sapeva che il Capitano Pennington era lì nella sala della locanda e aveva bisogno di vederlo. Non avevano avuto modo di parlare liberamente dopo lo sfogo emotivo di Ella e c'erano molte cose da spiegare. Per qualsiasi fosse la durata del viaggio per raggiungere Baronsford, il capitano era bloccato con loro. Era suo dovere avvertirlo, si disse, per spiegare cosa aveva provocato la reazione della bambina.

Fermandosi un attimo in cima alle scale e facendo scorrere una mano lungo la gonna del suo vestito da viaggio, Freya sapeva che anche tutto questo era, in parte, una scusa. *Voleva* vederlo. Il suo aspetto, il suo modo di fare, i sottili indizi che le aveva dato che indicavano la comprensione della sua situazione, tutto questo la attraeva. E il suo tempismo non poteva essere migliore. Avrebbe avuto bisogno di un alleato quando sarebbero arrivati a Baronsford.

Quando arrivò in fondo alla scalinata, trovò la fumosa sala della locanda più affollata di quanto si aspettasse. I lavoratori si aggiravano per la stanza e riempivano ogni tavolo, giocando a carte e scommettendo con i dadi. A un tavolo, un trio chiassoso incitava i rivali in una partita di filetto. In un angolo lontano, un gruppo di ubriachi stava cantando una canzone delle Highlands che parlava di una fanciulla innamorata persa per il re delle fate. Infine, il locandiere apparve da una porta della cantina e Freya gli consegnò la lettera con le sue istruzioni.

L'uomo si allontanò e lei attraversò la stanza. Ma era difficile trovare il Capitano Pennington in mezzo a tutte quelle attività. Poi, mentre si era fermata e si era alzata sulle punte dei piedi per cercarlo, qualcuno le passò un braccio intorno alla vita e la tirò bruscamente verso di sé.

"E dove sei stata, mia cara?".

L'odore di whisky e di letame di maiale quasi stordì Freya. Squadrò il viso arrossato e lo sguardo spento e vago che aveva di fronte.

"Lasciami", scattò lei. "E intendo *adesso*".

"Ma ti ho aspettato per tutta questa notte uggiosa, ragazza", farfugliò il giovane in gaelico, afferrandole le braccia mentre cercava di mantenere l'equilibrio. "Chi avrebbe mai pensato che una stella del mattino come te sarebbe caduta sulla Terra qui a T...".

"Mi toglierai le mani di dosso immediatamente", lo rimproverò con forza. "Oppure, per Dio e i suoi angeli, ti darò una lezione che racconterai ai tuoi figli per gli anni a venire. *Se* riuscirai ad averne".

"Sì, un *aingeal*". Lui iniziò a sorridere, ma sembrò subito cambiare idea. I suoi occhi si spalancarono e lasciò cadere le mani dalle braccia di lei. Fece un passo indietro e si voltò, borbottando: "Mi dispiace, signora. Pensavo che foste... pensavo...".

Freya lo guardò mentre si allontanava come un cane bastonato. Suo padre l'aveva sempre elogiata per il suo modo di essere forte e senza fronzoli e gli uomini di Torrishbrae, sia che si trattasse di affittuari o di domestici o di gente del posto, la trattavano con deferenza. Ma la mancanza di coraggio dimostrata dall'allevatore di maiali che la stava molestando era stata impressionante.

Tuttavia, non aveva intenzione di sfidare la sorte. Forse, decise, questa sera non era il momento ideale per parlare con il Capitano Pennington. Si voltò di nuovo verso le scale, solo per trovare il petto di lui a una manciata di centimetri dal suo viso.

Il brivido di piacere arrivò senza preavviso. Indietreggiò di un passo, guardò dietro di sé dove il suo aspirante spasimante era scomparso e si voltò di nuovo verso il capitano.

"Da quanto tempo eravate qui?", chiese lei, osando alzare lo sguardo sul suo bel viso. Si era liberato del cappotto scarlatto e la camicia bianca sotto il gilet era sbottonata sulla gola.

"Abbastanza a lungo da imparare che mettere le mani su di voi senza essere stati invitati è un'azione molto pericolosa".

Freya si morse il labbro inferiore per non sorridere e incontrò il suo sguardo. "Mostratemi lo sguardo che ha fatto scappare quell'uomo".

"Solo se mi mostrate il vostro".

Una cameriera che portava brocche di birra urtò Freya da dietro, spingendola contro il petto del Capitano Pennington. Il suo braccio la avvolse protettivamente, allontanandola dal trambusto alle sue spalle. Ella fece un respiro profondo, avvertendo un brivido nel profondo del ventre.

"Venite con me", mormorò lui, avvicinando la bocca.

La sua voce profonda e il suo respiro che le solleticava l'orecchio erano sufficienti a far danzare di piacere i sensi di Freya. Sulla parte bassa della schiena, sentiva il calore della sua mano attraverso la stoffa del vestito. Sfruttando l'altezza e il corpo di lui per proteggerla, riuscirono ad attraversare facilmente la stanza affollata.

Freya non era abituata alla sensazione di essere accudita. In tutta la sua vita, non era mai stata oggetto di questo tipo di attenzioni.

Raggiunsero un tavolo nell'angolo, separato dal resto della stanza grazie a una tenda. Lui la accompagnò all'interno. "Vi dispiace unirvi a me qui?".

"Niente affatto, Capitano".

Per trascorrervi la notte, era già stata preparata una grande poltrona sistemata contro il muro, con una coperta, anche se le lunghe gambe del Capitano avrebbero sicuramente richiesto una sedia per allungare quel letto di fortuna.

Diede un'occhiata al tavolo. Vi erano accostate diverse sedie, e da una di queste lui raccolse il suo grande cappotto e una borsa da viaggio in pelle, e gettò gli oggetti sul tavolo. Un vento freddo e umido penetrava ululando attraverso le fessure di una finestra chiusa.

"Mi dispiace che dobbiate dormire qui", disse lei.

"Il mio cocchiere ha detto che ci sono alloggi migliori sopra le scuderie, ma questo va benissimo".

"Perché non avete preso gli altri alloggi?".

"Con questa folla di fannulloni? Non volevo essere troppo lontano da voi".

Freya fu commossa dalla suo atteggiamento protettivo.

Lui le offrì una sedia e lei si sedette. Gli avanzi del suo pasto erano rimasti sul tavolo.

"Posso ordinarvi la cena?" chiese. "Non vi consiglio il pasticcio di piccione, ma le ostriche sono sorprendentemente fresche".

"Vi ringrazio, ma no. Ho cenato con Ella".

"Allora forse vorrete bere qualcosa con me. Questo vino di sambuco è piuttosto buono".

Voleva farlo, ma si chiedeva se fosse il caso. Spegnere i sensi, da sola in compagnia di una persona con il suo aspetto e il suo fascino, poteva non essere una buona idea.

Dopo aver ricevuto un'altra tazza dalla cameriera, Pennington chiuse la tenda. "Preferirei non invitare nessuno di questi personaggi sgradevoli", disse.

Freya sapeva che lui era la persona più affidabile con cui potesse stare in questa sala della locanda. Le versò una tazza di vino dalla brocca e la fece scivolare verso di lei.

"Come sapevate che ero qui sotto?", chiese. "Siete stato rapido a venire in mio aiuto".

"Il tenore del rumore là fuori è cambiato. L'ho capito nel momento in cui siete scesa dalle scale", disse. "Ho passato troppo tempo in compagnia di soldati. Conosco troppo bene i suoni delle sale delle locande".

Lei guardò al di sopra della sua spalla verso la tenda chiusa e ascoltò. Il frastuono e il ronzio delle voci si alzava e si abbassava. Le parole erano per lo più incomprensibili, ma i cantanti si erano ridotti a una sola voce che intratteneva le altre.

"Sta succedendo qualcosa adesso?"

"Nient'altro che una folla di uomini in cerca di un'ora di svago.

Alcuni hanno bevuto troppa birra o troppo whisky e tutti sono stanchi per il lavoro".

"E cosa è cambiato quando sono scesa?".

"Lasciatemi solo dire che lo sapevo".

Lei tornò a voltarsi verso il tavolo e si accorse che lui la stava guardando. La luce fioca dell'unica candela che si trovava nello spazio chiuso dalle tende fu una benedizione, perché sentì il calore di un rossore che le saliva dal collo fino al viso.

Nel prepararsi a questo viaggio, Freya aveva immaginato che sarebbe stato pieno di difficoltà e di dolore. Sapeva cosa sarebbe successo alla fine. Anche se suo cugino si fosse fatto vivo e Lady Dacre si fosse dimostrata disponibile a permettere che le condizioni di vita di Ella rimanessero come erano, Freya avrebbe dovuto affrontare il proprio futuro. Non era una sciocca. Sapeva che il suo matrimonio sarebbe stato una finzione e, alla fine, un misero fallimento.

E ora, eccola qui, seduta di fronte a quest'uomo. Il Capitano Pennington era così bello da farle battere il cuore incessantemente e così premuroso da rinunciare alle proprie comodità.

"Vi chiedo scusa per oggi e per lo sfogo di Ella", disse, guardandolo riempire la sua tazza di vino. "È fin troppo consapevole per la sua età. Purtroppo sa troppo e si preoccupa ancora di più".

"Ha paura di perdervi".

"È molto attenta alle mie emozioni. Riconosce le mie preoccupazioni e questo non fa che aumentare le sue paure".

Freya fissò il liquido scuro nella sua tazza. Ella era una bambina fuori dal comune e la sua educazione fino a quel momento poteva essere considerata da alcuni come non convenzionale. Da prima che potesse parlare, era stata trattata come un'adulta. Era sempre in compagnia di persone più grandi. Mano nella mano, hanno vissuto insieme la vita e i suoi ostacoli, anche quando Freya stessa stava imparando ad affrontarli. Cominciava a pensare che avrebbe dovuto proteggere di più Ella.

"Quando è morta vostra sorella?"

La domanda del capitano riportò l'attenzione di Freya su di lui. "Una settimana dopo la nascita di Ella".

"È stata una grande responsabilità da lasciare in eredità".

Scrollò le spalle. "Lucy era la mia unica sorella e il padre di Ella stava combattendo contro i francesi. Dovevo intervenire e prendermi cura della bambina. Sono stata felice di farlo. Ma non ero sola. C'era mio padre".

"Quanti anni avevate allora?"

"Diciassette".

Lo sguardo di lui si spostò sul suo viso e lei prese la tazza di vino, incapace di sopportare l'intensità di quello sguardo. Deglutì, assaporando il liquido caldo.

"Eravate una giovane donna proprio all'inizio della sua vita adulta. Siete diventata la tutrice di vostra nipote in un'età in cui la maggior parte delle ragazze si sarebbe occupata dei propri impegni in società o del proprio corredo".

"Ero una giovane donna che doveva affrontare la perdita della sorella", lo corresse, sentendo ancora vivo dopo tutti questi anni il dolore per la morte di Lucy. Avevano solo due anni di differenza. Aveva perso non solo una sorella, ma anche la sua migliore amica. "Ero desiderosa e in grado di affrontare quello che sapevo essere il mio dovere. E, sarò sincera, è questo che sono stati per me i primi giorni. Un obbligo. Ma le cose cambiarono rapidamente. Presto mi innamorai della preziosa figlia di mia sorella. Ella era una benedizione. Un dono".

"Siete stata strappata dalla vostra vita e gettata in quella di vostra sorella. Deve essere stato difficile. L'adattamento, intendo".

Il capitano aveva ragione. Non lo avrebbe negato. Freya non aveva ancora dimenticato i sogni della sua giovinezza. Ricordava bene che un giorno stava cercando di decidere tra un materiale verde e uno dorato per un vestito e un altro giorno, un mese più tardi, era disperatamente preoccupata per Ella che non dormiva e non accettava la balia. Aveva tenuto occupato il medico del villaggio a tutte le ore del giorno e della notte.

"Avete dovuto crescere in fretta".

"Molte ragazze di diciassette anni sono madri, Capitano".

"È vero. Ma questo non cambia quello che è avvenuto a voi".

"Sono cresciuta in fretta", ammise. "Il fatto è che non me ne sono quasi accorta. Ma chi può davvero dire cosa ci riserva il futuro? Pochi trascorrono la vita seguendo un percorso liscio e protetto, uscendone indenni", disse. "A mio avviso, il coraggio di una persona non viene messo alla prova solo in battaglia, ma anche nella capacità di reagire e riprendersi quando la vita la colpisce in modo inaspettato".

Tra loro calò un silenzio momentaneo. Gli occhi di lui si fissarono su quelli di lei. Mentre lui la guardava, nella mente di Freya passò il pensiero che quell'uomo la stesse vedendo davvero. Non l'aspetto esteriore di una donna, ma la persona che era diventata da quando si era presa cura di sua nipote. E questo la sconvolse. Si sentiva esposta, vulnerabile e attratta da lui. Nessuno, compreso suo padre, capiva davvero la trasformazione che la sua vita aveva subito.

Cercò qualcosa da dire per rompere il silenzio. "Mio padre mi dice che faccio troppe prediche. Mi scuso se ho dato l'impressione di essere una vecchia signora pedante, Capitano".

"Potete chiamarmi Penn. È così che mi chiamano i miei amici".

Esitò, incerta su come sarebbe sembrato agli altri.

"E, per la mia famiglia, sono Gregory. Mi farebbe molto piacere se potessimo ridurre questa formalità".

"E Gregory sia", disse lei piano. "E, di grazia, chiamami Freya. È così che la mia famiglia si riferisce a me. E conoscete già quale sia il mio nome per Ella".

"Fie." Sorrise. "Come una fata. Siete la custode magica di Ella, avvolgendo le vostre ali invisibili intorno al piccolo folletto e tenendolo al sicuro dal mondo".

La sua voce si diffuse su di lei come una poesia. Il viso di Freya prese fuoco e all'interno si sentiva come la candela sul tavolo, in procinto di sciogliersi alla presenza di quell'uomo.

Lui le aggiunse del vino alla tazza. La incantava, la affascinava. C'erano così tante cose che voleva sapere su di lui, domande che aveva. Ma non aveva alcun diritto di chiedere. Il sentiero in cui il suo cuore stava vagando, era un posto in cui la sua mente non poteva permettergli di andare.

Freya costrinse la sua attenzione a tornare al rumore dei dadi e al ronzio delle voci dietro la tenda. Seduti a tavola l'uno di fronte all'altra, non poteva guardare da nessun'altra parte se non lui. E non c'era niente di altrettanto interessante a cui pensare se non l'uomo davanti a lei.

"Posso farvi una domanda personale?" chiese.

"Tutto quello di cui abbiamo parlato stasera era personale, Capitano... voglio dire, Gregory". Bevve un altro sorso e si preparò.

Il sorriso di lui era letale. Arrivò fino ai suoi occhi magici e il cuore di Freya iniziò una nuova danza nel petto.

"Perché non avete sposato qualcuno prima?", chiese.

"Intendete qualcun'altro, non il Colonnello?".

Egli scrollò le spalle e fece roteare il vino nella sua tazza.

"Beh..."

"E voglio una risposta sincera", la incalzò. "Stiamo parlando da amici. Non esitate per riordinare i vostri pensieri o per valutare le conseguenze della vostra risposta".

"È così che conversano gli amici?". Lei rise. "Senza considerare le conseguenze delle loro parole?".

"Beh, diciamo che per questa domanda non dovete temere di essere fraintesa".

Amici. Ripeté la parola nella sua mente. Non le era mai capitato che un uomo si riferisse a lei come a un'amica. Molto bene. Avere un rapporto così definito rendeva la loro situazione, la loro vicinanza nel viaggio nella stessa carrozza e il tempo che avrebbero trascorso insieme durante il viaggio, molto più rassicurante. Inoltre, la aiutava a raffreddare le fantasie proibite del suo cuore.

"Non ho mai lasciato Torrishbrae con l'esplicito scopo di trovare un potenziale marito", disse senza mezzi termini. "Non ho avuto tempo per la mondanità di Londra o anche di Edimburgo. Ecco perché non mi sono mai sposata. E non ho rimpianti. La mia vita è stata così piena. Ella è stata tutto il mio mondo".

"E ora?" chiese, spostando un po' la sedia lontano dal tavolo. Il suo volto era per metà in ombra. "Considerando le difficoltà che state affrontando attualmente, avete rimpianti?".

"Come ho detto prima, sono certa che le voci che avete sentito su mio cugino erano un errore. Conto che mantenga la sua parte dell'accordo".

"Vi conosco solo da poco tempo, ma so che questo accordo non è equo nei vostri confronti".

Freya non si lasciò intimidire dalla sua fiera espressione di onestà. Suo padre era famoso per questo. Vivere con lui per tutta la vita le aveva infuso una certa resistenza e la capacità di vedere il mondo con chiarezza.

"Questo non cambia il fatto che lui sarà il prossimo barone di Torrishbrae. Sposando lui, avrò Ella. È tutto ciò che cerco".

"Avrete Ella, ma è da ingenui pensare che l'indole di Dunbar e il modo in cui conduce i suoi affari non influenzeranno la vostra vita", insistette. "Quell'uomo è un noto giocatore d'azzardo. Un opportunista. Uno che si comporterà in modo poco signorile se questo servirà a volgere una situazione a suo favore. È..."

"È mio cugino, Capitano", lo interruppe. Sapeva tutto questo e molto di più. Ma nell'ultimo mese ci aveva riflettuto, discutendone con suo padre. "Ho analizzato la situazione da ogni possibile prospettiva e le mie opzioni sono finite. Se voglio tenere Ella, devo accettare qualsiasi futuro mi si presenti con quest'uomo".

Si alzò per avviarsi via, e poi si fermò. Freya non voleva andarsene con rancore. Apprezzava la loro conversazione e l'amicizia che sembrava stesse nascendo tra loro.

"Grazie, Gregory, per avermi dato la possibilità di esprimere la mia opinione", disse con dolcezza. "Ma nel bene e nel male, il Colonnello Dunbar è l'unica possibilità che ho".

Capitolo Quattro

PENN RICORDAVA che qualcuno aveva detto che la migliore preparazione per viaggiare nelle Highlands in inverno era quella di redigere il proprio testamento. Con il ghiaccio sulla strada e le sole sei ore di luce in questo periodo dell'anno, i pericoli erano evidenti. Ma non aveva intenzione di tenere una bambina chiusa in una carrozza da prima dell'alba a dopo il tramonto.

Guardò il cielo senza sole mentre attraversava il cortile della stalla della locanda. I loro cavalli stavano ricevendo il cibo ed erano stati fatti riposare. Avevano ancora ore di viaggio oggi, ma si stava già facendo buio.

Dietro la stalla, una vallata di abeti degradava dal lieve pendio che la strada costiera aveva seguito. Quando si erano avvicinati da nord, aveva visto un ampio specchio d'acqua che si estendeva dal bosco. Era il luogo perfetto per far sgranchire le gambe ad Ella e farle fare esercizio fisico.

Scendendo tra i gruppi di pini e abeti, non vide alcuna traccia di Freya e di sua nipote. Con gli alberi che frenavano il vento, era circondato da un silenzio ovattato. Raggiunse un bivio e si fermò, mettendosi in ascolto di possibili segni della loro presenza. Sentendo dei suoni di leggere risate, li seguì e presto trovò lo specchio d'acqua ghiacciato, circondato dal prato innevato oltre la radura.

La bambinaia sedeva su un tronco dandogli le spalle. Gli occhi di Penn si fissarono su Freya e sua nipote mentre le due, tenendosi per mano, giravano in cerchio sul ghiaccio liscio.

Ascoltando le allegre risate, rimase a guardare quella che sembrava una gara a chi sarebbe scivolata e caduta per prima.

"Tieniti forte", gridò Freya mentre prendevano slancio, muovendo i piedi sempre più velocemente mentre giravano l'una intorno all'altra.

"Sto per cadere", gridò Ella ridendo.

"Non ti lascerò".

Penn osservò Freya. Il cappuccio del suo mantello blu era gettato all'indietro, con i riccioli castano chiaro che sembravano lottare per liberarsi dall'acconciatura. Le labbra color rubino e le guance arrossate dal freddo illuminavano il grigiore della campagna e lui pensò che, se avesse potuto dipingere la perfezione, avrebbe iniziato con questa visione.

La loro conversazione nella sala della locanda aveva continuato a tornargli in mente per tutta la notte, fino a questa mattina. Le parole di lei sul coraggio e sull'accettazione delle responsabilità. Freya era matura ben oltre i suoi anni... e altruista in un modo che molti non riescono mai a diventare. Pensò alla propria famiglia. Sua madre, Millicent. Sua sorella Jo e le sue due sorelle minori. Quanto sarebbero state felici di incontrare una donna che incarnava gli stessi valori che loro ritenevano preziosi.

"Rallenta. Sto per svenire", esclamò Freya mentre le due ridacchiavano e scoppiavano in risate.

Quando lo ritenne sicuro, lasciò andare la mano della nipote, poi si chinò prontamente e si sedette sul ghiaccio, portandosi una mano alla fronte.

"Ho vinto. Ho vinto".

Penn si costrinse a mettere piede sul bordo del ghiaccio, dove poteva essere visto.

Ella lo vide per prima. Lo salutò eccitata e scivolò subito dopo, cadendo seduta sul ghiaccio accanto alla zia.

"Grazie per esservi fermato, Capitano", disse Shona, alzandosi in piedi quando lo vide. "La signorina Ella ne aveva bisogno".

"Credo che abbiate ragione".

Ogni volta che Freya cercava di alzarsi in piedi, Ella la rispingeva a terra. Quello che era stato un girotondo si era trasformato in una divertente lotta corpo a corpo.

"Allontanate questo diavoletto da me", gridò Freya, ridendo senza fiato e allungando una mano verso di loro.

Avrebbe voluto trovarsi sul ghiaccio con loro, far parte del loro gioco e del loro cameratismo. Penn si avviò sullo specchio d'acqua ghiacciato verso le due ragazze ridacchianti.

"Forse questi vi saranno utili", disse avvicinandosi. Tese due paia di pattini usati in buono stato che aveva preso in prestito dall'oste. Il paio per lui era infilato sotto il suo braccio.

Gli occhi di Ella si illuminarono. "Grazie", cinguettò, prendendo i pattini più piccoli dalle sue mani. Si allontanò, scivolando continuamente ma mantenendo l'equilibrio, fino a raggiungere il tronco dove Shona era seduta in attesa di aiutarla.

Freya stava avendo difficoltà nel mettersi in piedi.

"Posso?" disse lui, chinandosi per aiutarla.

Lei infilò la mano guantata in quella di lui mentre l'uomo la tirava su. Scivolò nel tentativo di trovare l'equilibrio e gli finì addosso. Il profumo di gelsomino riempì di nuovo la testa di lui mentre la teneva stretta al petto.

"Sono per me?" chiese lei, allontanandosi.

Penn le porse i pattini e pensò che l'entusiasmo della giovane donna superava quello della bambina. Lei si chinò proprio lì, cercando di indossarli.

Mentre la osservava, Penn si allacciò i pattini. Immaginò che i giri precedenti stessero facendo ancora effetto, perché la vedeva in difficoltà.

"Permettetemi". Si inginocchiò davanti a lei.

Lei iniziò a dire qualcosa, ma poi si fermò quando lui le afferrò la caviglia e le sollevò lo stivale. Lei gli mise una mano sulla spalla. Egli portò in breve a termine l'operazione, e passò all'altro.

Ella si diresse pattinando dietro la zia e la urtò. Entrambe le mani di Freya si posarono sulle spalle del Capitano, e il cappotto blu vorticò intorno a lui.

"Mi dispiace tanto. Quella bambina fatata pagherà le conseguenze del suo comportamento".

L'odore di lei, la sensazione del suo cappotto e delle sue gonne e l'intimità fiduciosa della sua presa su di lui gli fecero vacillare i sensi. Una volta finito di sistemarle i pattini, si alzò in piedi solo per vedere Ella piombare di nuovo accanto a loro, sfiorando la zia con un altro passo. Freya si aggrappò al suo cappotto mentre lui si raddrizzava.

Così vicino, il respiro di lei si mescolò a quello di lui e i loro occhi si agganciarono l'un l'altro per un lungo momento. Poi, con la coda dell'occhio, vide Ella avvicinarsi a loro per la terza volta. Afferrando Freya per la vita, la fece ruotare per evitare l'assalto e la bambina entusiasta corse via.

"Vedo che hai già pattinato in passato", la gridò dietro.

"Oh, sì", rispose Ella felice, scivolando via come se fosse nata sul ghiaccio. "Possiamo pattinare per mille miglia sul nostro fiume quando ghiaccia".

"Mille miglia?", chiese, senza nascondere l'umorismo nel suo tono, mentre Freya si allontanava da lui.

"Almeno mille". Freya sorrise, seguendo la nipote e mostrando la stessa abilità sui pattini.

Lui le seguì un paio di passi dietro di loro, apprezzando l'opportunità di osservare la grazia con cui il corpo di Freya si muoveva e ondeggiava mentre girava e danzava sul ghiaccio. Durante le loro conversazioni di ieri e di questa mattina, aveva iniziato a formarsi un legame che la collegava a lui, come un'ancora di salvezza lanciata dalla riva a un vascello che sta naufragando. Aveva iniziato a preoccuparsi per Freya e per la sua situazione. Era preoccupato per il capitombolo che la aspettava. Ne temeva l'esito. Sapeva che di Ella si sarebbero presi cura, la famiglia Dacre o i Sutherland, ma era il futuro di Freya ad essere a rischio.

Gli occhi castani scintillanti di lei lo cercarono per accertarsi che fosse vicino e lui si rallegrò per la sensazione che anche lei si rendesse conto del legame che avevano stabilito.

Mentre pattinavano, la zia e la nipote si avvicinavano ripetutamente l'una all'altra, si afferravano per le braccia, girando e scivolando via. Per loro era facile come camminare.

Penn sentì un piacevole calore dentro di sé quando l'oggetto del suo sguardo allungò una mano guantata verso di lui.

"Avete bisogno di aiuto per stare al passo, Capitano?".

Non ne aveva bisogno, ma per quanto lo riguardava, non aveva intenzione di perdere questa opportunità. Penn le prese la mano e si accostò a lei. Senza sforzo, trovarono il loro ritmo e iniziarono a girare intorno allo specchio d'acqua, seguendo l'elfo ricoperto di color mora che si muoveva davanti a loro e intorno a loro, deridendoli allegramente per la loro lentezza.

"Posso farvi una domanda?" Chiese Freya.

"Prego".

"Ho sempre pensato che gli uomini si arruolassero nell'esercito per combattere".

"Quindi non considerate l'ingegneria una professione coraggiosa o degna di valore?", suggerì.

"Al contrario", disse lei rapidamente. "La trovo affascinante. Molti uomini della famiglia Sutherland che ebbero la fortuna di sopravvivere alla guerra sul continente tornarono a casa danneggiati nel corpo e nello spirito. Per molti anni il loro unico compito era stato quello di combattere gli spagnoli e i francesi. Da allora, molti hanno faticato ad adattarsi alla pace. Non possono più coltivare la terra dei loro antenati. Ma voi siete un costruttore. L'ingegneria è una vita incentrata sulla progettazione e sul miglioramento del mondo di domani".

Gli occhi di lei brillarono di interesse quando incontrano quelli di lui.

"Mi affascina sapere cosa vi ha spinto a scegliere questa strada".

La sua curiosità lo intrigava. Il suo atteggiamento, così allegro e positivo, gli trasmetteva calore.

"Credo che abbiate sentito parlare di mio fratello maggiore".

"Ho sentito parlare del Visconte Greysteil, il Lord Justice di Edimburgo", disse lei. "Ma solo un po'".

"Beh, è sempre stato più alto, con le spalle più larghe, più rapido nel combattimento. Di persona è una forza della natura. Fin da giovane è stato un uomo che lascia il segno. Essendo suo fratello minore, sapevo fin dall'infanzia che se avessi scelto di seguire i suoi passi mi sarei perso nella sua ombra".

"Quindi avete deciso di trovare la vostra strada", disse lei, con comprensione.

"Come gentiluomo, avevo poche strade aperte. Potevo acquistare una proprietà, o intraprendere una professione nel campo della legge o della chiesa, ma quelle opzioni non mi attiravano. Vedevo che il mondo stava cambiando, con nuove innovazioni che emergevano di giorno in giorno: macchine a vapore e ferrovie, metodi migliori per la costruzione di strade e di ponti, e macchinari che hanno cambiato radicalmente il modo in cui lavoriamo nelle miniere e produciamo i tessuti. Siamo all'alba di una nuova era e questo mi ha sempre attirato. Quando ho deciso di seguire questa passione, ho capito che l'esercito sarebbe stato un prezioso terreno di addestramento. E così è stato, anche se la guerra contro Napoleone ha comportato una formazione costosa".

"Di cosa si occupa esattamente un ingegnere durante la guerra?".

"Di tutto, dalla creazione e manutenzione delle vie di trasporto per gli eserciti, alla sicurezza delle scorte d'acqua, alla preparazione delle posizioni difensive prima della battaglia...". La sua voce si interruppe mentre pensava a quanta strada aveva fatto da quelle scene cruente.

"Tutto ciò di cui i soldati hanno bisogno per sopravvivere", ipotizzò lei, facendolo uscire dalle sue fantasticherie. "Una professione fondamentale, Capitano, in guerra e in pace".

Non ebbe modo di rispondere, perché Ella stava portando via la zia per fare un giro sul ghiaccio.

Penn le guardò allontanarsi e scivolò dietro di loro. La superficie era liscia come il vetro e per un attimo chiuse gli occhi e alzò il viso verso il cielo, godendosi la calma lieta che era scesa su di lui, infondendo nella sua mente e nel suo corpo un senso di benessere. L'interesse di Freya e la sua comprensione della sua carriera erano una sorpresa e senza dubbio avevano provocato questo stato d'animo.

Quando era stata l'ultima volta che aveva provato una tale pace? Riusciva a ricordare un momento degli ultimi dieci anni in cui non si era preoccupato di dove dovesse essere, di cosa dovesse fare o di quale piano dovesse mettere in atto per l'indomani?

No, non ci riusciva e, forse proprio per questo, era felice. Inaspettatamente felice.

Penn aprì gli occhi e vide di nuovo la sua compagna al suo fianco. Il viso luminoso e gli occhi splendenti di Freya avrebbero attirato l'invidia degli angeli.

Lei, vedendo che la stava fissando, unì il suo braccio a quello di lui.

"Vorrei scusarmi per ieri sera", gli disse quando Ella si precipitò verso la bambinaia.

"Per cosa?"

"Per essere sembrata una martire. Per avervi abbandonato non appena avete iniziato a parlare del mio complicato e preoccupante accordo", disse in un sussurro con uno sguardo alla nipote, che ora stava tentando senza successo di tirare Shona sul ghiaccio. "Non volevo mancarvi di rispetto".

Un vento gelido, profumato di salsedine, mulinò intorno a loro, sollevando ciuffi di neve, e i suoi pensieri si oscurarono. "Non ho percepito alcuna intenzione di questo tipo in quello che avete detto. E spero sappiate che le mie parole sono state pronunciate per preoccupazione".

Era ancora preoccupato, oggi ancora più di ieri. Più passava il tempo con queste due fanciulle, più si rendeva conto di quanto sarebbe stato sbagliato per loro cadere sotto l'influenza di un uomo il cui unico interesse era senza dubbio quello di arricchirsi attraverso il matrimonio. Dunbar era tristemente famoso sia per i suoi debiti di gioco che per i suoi loschi traffici con le donne.

"Voi conoscete la famiglia Dacre e conoscete qualcosa su di me", dichiarò. "Vorrei una vostra risposta sincera, da amico... da amico ad amica. A prescindere dal patrimonio superiore che indubbiamente possiedono rispetto a quello di un barone scozzese, pensate che Ella verrebbe fatta crescere meglio da loro o da noi?".

La sua risposta non ebbe esitazioni. "Senza nemmeno conoscere vostro padre, voi siete indiscutibilmente più adatti".

"E se alla vostra considerazione aggiungete l'enorme ricchezza e l'influenza di quella famiglia?".

"Di nuovo voi", disse. Lo sguardo di Penn si spostò dove Ella, dopo essersi arresa, era ora seduta sul tronco accanto a Shona, dondolando i piedi mentre chiacchierava con la bambinaia. "Avete fatto un ottimo lavoro con lei. È deliziosa. È così piena di vita. Felice, intelligente. È una piccola creatura coraggiosa".

"Fin troppo coraggiosa". Freya sorrise.

"Ha uno spirito forte", disse lui, premendole la mano sul braccio. "Uno spirito che credo abbia preso da voi".

"È molto simile a me sotto molti aspetti. Ed è anche molto simile a mio padre". Il suo sorriso si affievolì leggermente. "Mia sorella aveva l'età di Ella e io ero più giovane di un paio d'anni quando nostra madre morì, quindi mio padre ha una grande esperienza nell'educazione delle bambine. Ed Ella e suo nonno si adorano a vicenda, nonostante le loro lingue maligne".

Penn non aveva dubbi che le amorevoli cure dei Sutherland sarebbero state di gran lunga migliori della sfilza di tate e governanti che Lady Dacre avrebbe radunato per piegare lo spirito di Ella e plasmarla in una "perfetta" signora.

Ma c'era ancora la questione di Dunbar. Penn dovette concordare con la convinzione di Freya che le voci sul matrimonio del Colonnello con la donna di Caithness potevano essere false. Ora che ci pensava, quale scusa migliore per mettere a tacere in attesa tutte le persone a cui doveva dei soldi? Dal loro punto di vista, cosa poteva esserci di più attraente di lui che sposava un'ereditiera con i soldi pronti? I soldi di Caithness avrebbero potuto pagare facilmente i debiti dell'uomo. Naturalmente, prima o poi, avrebbero scoperto la sua menzogna e a quel punto lui sperava di essere entrato in possesso di Torrishbrae, attraverso il matrimonio o l'eredità.

Dunbar sarebbe stato un veleno per Freya ed Ella, a prescindere dalla prospettiva in cui si guardava la situazione.

"E se parlaste sinceramente con Lady Dacre?", suggerì. "Forse vi darebbe il tempo di trovare un marito più adatto, a cui voi possiate affezionarvi e rispettare".

Il suo naso si arricciò e lei scosse la testa. Ricordava di aver visto la stessa espressione sul volto di Ella quando le aveva chiesto scherzosamente se volesse un po' di cavolo con il suo porridge quella stamattina.

"Ho superato da anni queste fantasiose illusioni. Sono ferma nella mia decisione".

"Ventidue anni", la prese in giro. "Così vecchia!"

"Se il destino mi volta le spalle e mio cugino non si fa vivo, per qualsiasi motivo, e se, dopo una lunga serie di suppliche, Lady Dacre mi concedesse un po' di tempo, dove dovrei incontrare questo marito adatto?", chiese, "Non mi vedo lasciare Torrishbrae, all'età di ventidue o ventitré anni, per una stagione di caccia al marito a Londra. E anche se fossi in grado di farlo, ma non lo farò, quale uomo vorrebbe una sposa che porta con sé una 'figlia' di cinque anni che è imprevedibile come un temporale estivo? E un padre che conta sul fatto che lei viva nelle Highlands per aiutarlo a gestire i suoi affari?".

Un temporale estivo? Ella e Freya insieme erano come le prime brezze calde della primavera dopo il freddo pungente dell'inverno. Ma Penn sapeva che c'era molto di vero in quello che lei diceva. Aveva molti amici e aveva sentito abbastanza storie di fidanzamenti e matrimoni. Molti uomini di rango e ricchi avevano una visione limitata e superficiale di ciò che ritenevano fosse una buona compagna di matrimonio. Ricchezza, una buona famiglia con una storia di figli maschi e una storia personale non complicata.

Rinunciando a una risposta da parte di lui, ella scrollò le spalle e sorrise tristemente.

"Sono rassegnata a quello che devo fare". Sciolse il braccio da quello di lui e si allontanò. "L'unico scopo di avere un uomo nella mia vita sarebbe quello di mantenere la custodia di Ella. Nient'altro".

"Nient'altro?" ripeté lui, fermandosi di fronte a lei. "E che dire della compagnia e dell'amicizia? Dell'amore, del romanticismo e della passione? Non credete di meritare di provare la stessa felicità senza fiato che ha provato vostra sorella quando è fuggita con Fredrick Dacre? Non volete avere un figlio vostro? Non vi chiedete cosa significhi amare un uomo?".

Penn non sapeva dire da dove venisse questa esplosione di emozioni. Il suo sguardo si fissò sul viso di lei. Lei lo stava fissando, con gli occhi spalancati. Le sue labbra si aprirono leggermente e le sfuggì un rapido respiro.

In quel momento, più di ogni altra cosa al mondo, avrebbe voluto baciare quelle labbra. Dannazione a Dunbar!

Capitolo Cinque

Non era il momento di entrare in confusione o di fare ripensamenti, pensò Freya.

La sua conversazione con Gregory era continuata durante il tempo trascorso in carrozza, anche lei se aveva cercato di concentrare le domande sul passato di lui e sulla carriera che sembrava corrispondere perfettamente alla sua personalità.

Era affascinata da lui. Come secondogenito, era eccezionale perché non aveva sprecato la sua vita, come molti suoi coetanei, nel bere e nel gioco d'azzardo. Aveva preso le sue decisioni, aveva trovato la strada verso la felicità e si era conquistato un'indipendenza così rara, considerando il rango e lo status della sua famiglia.

L'entusiasmo del capitano per i suoi progetti attirò persino l'attenzione di Ella e Shona, mentre si dirigevano verso sud. I luoghi che aveva visto, i canali, i ponti e le strade che aveva costruito, le avventure e gli ostacoli che aveva affrontato le affascinavano.

Gregory Pennington stava però mandando tutto in confusione, con quelle storie sulla sua vita, la sua gentilezza, le sue parole dolci e il suo bel viso. Stava confondendo acque che fin dall'inizio non erano state cristalline.

Beh, non poteva funzionare, questo... qualsiasi cosa ci fosse tra loro. Attrazione e stupidità.

Uno schizzo d'acqua nella tinozza interrompe i suoi pensieri.

Ella, immersa fino alle ascelle nella vasca da bagno, stava navigando con una barca giocattolo intagliata, con la principessa a bordo, attraverso il Mar di Germania fino alle coste della Norvegia, dove stava per scontrarsi con un malvagio colonnello che teneva il principe in una torre. A quanto pareva, il malvagio colonnello si era imbarcato su una saponetta per lo scontro epico.

Freya immerse l'asciugamano nell'acqua calda e lo stese sulle spalle del piccolo comandante. Shona era seduta su una sedia al lato opposto del focolare e stava riparando una cucitura su uno dei guanti di Ella.

Mentre mescolava distrattamente l'acqua insaponata, la mente di Freya tornò alla sua situazione attuale. L'esito era prevedibile quanto il dramma di Ella. Gregory era il figlio di un conte, Lord Aytoun. Lei era la figlia di un barone. E una Highlander. Sebbene Aytoun non fosse un duca, la famiglia era estremamente ricca, potente e ben collegata in Inghilterra e Scozia. Frequentavano la stessa società dei Dacre. Il fratello di Gregory, il visconte Greysteil, era un Lord Justice di Edimburgo e un eroe di guerra. Baronsford, la loro casa in Scozia, era uno dei castelli più grandiosi dei Borders. Ne aveva persino visto un'incisione in un libro nella biblioteca di suo padre.

Era una sciocca, si disse, a tormentarsi con speranze che non si sarebbero mai realizzate. Il Capitano Pennington era troppo fuori dalla sua portata.

Ma allo stesso tempo, pensò con un sospiro al momento in cui lui l'aveva quasi baciata mentre pattinavano. Lo aveva visto nei suoi occhi. La battaglia era stata visibile nei suoi lineamenti, nel modo in cui aveva lottato per impedire alle sue mani di toccarla. Era stata certa di questo come del ghiaccio sotto i loro piedi.

Le sue parole sulla passione e sull'amore avevano risvegliato un bisogno profondamente sepolto dentro di lei. Freya non si era resa conto fino a quel momento di quanto fosse affamata di un semplice bacio. Delle labbra dell'uomo che le faceva infiammare mente e corpo quando erano insieme. Del bacio di Gregory.

Sapeva che sarebbe stato un bacio che avrebbe cambiato la sua vita.

Quando non erano insieme, i suoi pensieri erano occupati da lui. Riviveva le parole che aveva pronunciato. Il senso dell'umorismo che manteneva mentre teneva testa alle buffonate giocose di Ella. Gli sguardi persistenti che le inviava.

Oggi, mentre la carrozza procedeva, il folletto si era seduto accanto a lui mentre i due lavoravano con il carboncino, disegnando immagini di Freya. Era un artista sorprendentemente bravo. Ma lei si agitava e arrossiva quando lui fissava apertamente i suoi occhi, le sue guance e le sue labbra, spostandosi con fare attento verso il basso sul corpetto del suo vestito da viaggio.

Uno schizzo d'acqua la distolse dalle sue fantasticherie. Shona era in piedi accanto alla vasca.

"Non voglio uscire", si lamentò Ella mentre la bambinaia cercava di convincere la bambina a uscire dal bagno caldo e a vestirsi per andare a letto. "La principessa deve ancora salvare il principe, che è stato portato di nascosto nella grotta del Rajah. Altri cinque minuti dovrebbero bastare".

"L'hai detto dieci minuti fa", le ricordò Freya. "Vai su. Guarda le tue dita raggrinzite dall'acqua. Sei già una prugna secca".

Ella si osservò le dita. "Il nonno dice che la zuppa di galli non è zuppa di galli senza le prugne. Dice che solo un maledetto inglese la penserebbe così. Tu la pensi così, Shona?"

"Credo che dobbiate fare attenzione a come parlate, ragazza. E non dire cose del genere davanti al capitano, *a chloiseann tú*? Avete sentito?"

"Perché? Il capitano è un maledetto inglese, Fie?".

"È in parte inglese", disse Freya. "Ma Shona ha ragione. Devi smetterla di ripetere tutto quello che dice tuo nonno".

Mentre Shona sollevava la bambina e la asciugava, Freya mise un altro ceppo sul fuoco. Aggiungendo acqua calda alla vasca da una brocca sul focolare, si spogliò rapidamente e si infilò lei stessa nella vasca.

"Sono proprio delle belle stanze queste che il capitano ha preso per tutti noi", disse Shona, avvolgendo Ella nell'asciugamano e mettendola vicino al fuoco per riscaldarsi. "Dougal è stato più che grato che Sua Signoria abbia insistito per farci dormire in una terza camera".

"Avete ragione sulla gentilezza del capitano. Ha insistito perché io ed Ella prendessimo questa stanza, mentre lui è nella camera da letto più piccola".

Questa locanda, che si affacciava sulla croce del mercato di Huntly, era molto più elegante dei posti in cui si erano fermati nelle ultime tre notti di viaggio. Il capitano aveva preso l'intero appartamento al piano superiore, dove erano a disposizione tre camere da letto e un ampio salotto.

"Il capitano ha preso una stanza anche per il suo cocchiere e per lo stalliere".

"Così ho inteso", rispose Freya, lavandosi velocemente i capelli.

"Volete aiuto, signora?" Chiese Shona, infilando una camicia da notte sulla testa di Ella. "Questa piccolina andrà dritta a letto".

"No, sto bene così, grazie", rispose lei, versandosi l'acqua sui capelli.

"Non ho sonno", si lamentò Ella.

"Lo avrai non appena chiuderai gli occhi", le disse Freya.

"Ma ho visto un gioco di backgammon sulla mensola del salotto".

"Scommetto che ci saranno dei giochi che ti aspettano quando arriveremo a Baronsford", disse. "Hai bisogno di dormire. Ci alzeremo presto e saremo di nuovo in viaggio".

Le persiane delle finestre tremavano con il vento, ricordando che anche senza neve fresca l'inverno dominava il paesaggio.

"Piacerò alla famiglia del capitano?". Chiese Ella, salendo sul letto.

"Credo proprio che ti adoreranno", disse Freya.

"A patto che non li chiamerete maledetti inglesi", aggiunse Shona.

"Mi faranno giocare?"

"Credo che lo faranno. Ma dovrai chiederlo gentilmente e comportarti bene".

La bambinaia infilò la bambina nel letto e Freya le sorrise con gratitudine. "Dovresti riposare anche tu, Shona".

"Penso proprio che potrei farlo, signora". Dando la buonanotte a entrambe, prese il suo lavoro di cucito e lasciò la stanza.

Da dove era seduta nella vasca, Freya aveva una visione chiara del viso del piccolo angioletto. La sua testolina era appoggiata sul braccio. I suoi occhi lottavano per rimanere aperti.

Freya pensò di uscire, ma l'acqua calda e il calore del camino erano troppo belli per essere sprecati.

"Il Colonnello Richard sarà con noi a Baronsford?". Chiese Ella.

"Credo di sì".

Quando si erano fermati a Inverness due sere prima, dopo la sosta per pattinare, Dougal aveva fatto il giro delle locande migliori. Ancora nessuna traccia di suo cugino. Non aveva modo di sapere se fosse davanti o dietro di loro.

"Ci raggiungerà a Dundee", disse Freya, cercando di sembrare allo stesso tempo sicura e felice. "Da lì ci accompagnerà a Baronsford".

La bambina sbadigliò. "Che peccato".

"Pensavo che volessi che lo sposassi".

"Non più", sussurrò Ella. "Ho cambiato di nuovo idea".

"Davvero?" Freya rispose dolcemente, affondando nella vasca fino a quando l'acqua non le arrivò al mento. Le apparve l'immagine del volto di Gregory Pennington su quel laghetto ghiacciato. Avrebbe cambiato idea anche lei, pensò, se ne avesse avuto la possibilità.

"Ho deciso che dovresti sposare un buon ballerino e un buon pattinatore", disse Ella, chiudendo gli occhi. "Chiedi al Capitano Pennington. Oppure posso chiederglielo io per te. So che sarebbe d'accordo".

Penn aprì la persiana e sbirciò fuori attraverso l'oscurità. Degli occasionali squarci tra le nuvole permettevano alla luna di diffondere la sua luce sui tetti di Huntly. Erano quattro giorni che erano in viaggio e, nonostante dovessero fare frequenti soste per Ella, stavano facendo ottimi progressi. L'imprevedibile clima delle Highlands, anche se freddo, era stato, finora, collaborativo.

L'indomani sera si sarebbero fermati ad Aberdeen, pensò, chiudendo di nuovo la finestra e andando verso il piccolo camino. Lì c'era un vecchio amico, un ex ufficiale che aveva servito con lui nella Penisola e poi nei Royal Engineers. John Simpson si era dimesso dal grado di capitano un anno fa, ora era sposato e forniva consulenza per la costruzione di strade e altri progetti nella zona costiera. Penn aveva ricevuto molti inviti da parte sua e sapeva che Simpson e sua moglie sarebbero stati felici di ospitarli per la notte.

Dopo essersi lavato e spogliato, Penn si sdraiò sul letto. Fissando la luce del fuoco che tremolava in alto sulle superfici delle travi, pensò a Freya. Si chiese se si fosse accorta del sollievo che provava ogni volta che le domande su suo cugino restavano senza risposta da parte dei locandieri. Non c'era stata traccia di Dunbar lungo il percorso, finora. Forse le stelle si erano allineate e il furfante aveva davvero sposato un'ereditiera qualunque.

Sapeva di avere un altro motivo per fermarsi a casa del suo amico ad Aberdeen. L'ultimo incarico di Simpson era stato a Fort William, dove si trovava il reggimento di Dunbar. Il suo amico aveva da sempre l'abitudine di tenersi in contatto con i suoi ex-colleghi. Forse avrebbe avuto maggiori informazioni sul Colonnello.

Il matrimonio di Freya con suo cugino era sbagliato. E Penn era pronto a fare tutto ciò che era necessario per farle capire il grave errore che avrebbe commesso andando avanti con quell'accordo sconsiderato.

Pensò al loro arrivo a Baronsford. Una volta arrivati, avrebbe insistito per parlare con Lady Dacre a nome di Freya ed Ella. Questa urgenza non aveva senso. Freya aveva bisogno di tempo per definire il suo futuro. I suoi pensieri si incupirono. Non aveva conosciuto il figlio maggiore quando era piccolo. Era già adulto quando Penn era ancora un bambino, ma si diceva che il nuovo duca, altezzoso e di mentalità ristretta, non rappresentasse un gran miglioramento rispetto al suo defunto padre. Tuttavia, Penn era pronto a combattere con loro. Se necessario, avrebbe chiesto l'assistenza di suo fratello Hugh per le procedure legali. Freya non doveva affrontare queste persone da sola.

Il leggero bussare alla porta lo sorprese nel mezzo della sua lotta mentale. Il suono successivo lo fece balzare fuori dal letto e infilarsi i pantaloni e la camicia. Qualcuno stava cercando di entrare.

Penn attraversò il pavimento e spalancò la porta. Fuori, l'intruso stava saltando in piedi, cercando di raggiungere il chiavistello.

"Cosa fai fuori dal letto?" chiese, abbassando lo sguardo sul fagottino tremante.

"Sapevo che ti saresti svegliato", disse Ella, facendo un passo indietro e facendogli cenno di venire con lei. "Ho bisogno del tuo aiuto".

"Con cosa?" chiese, abbottonandosi la camicia. "Dov'è tua zia?"

"È per questo che ho bisogno di aiuto". Gli prese la mano e iniziò a tirarlo verso la porta della loro stanza.

"Cos'ha che non va?" chiese, improvvisamente preoccupato.

"Si è addormentata nella vasca. E ho paura che se rimane lì tutta la notte finirà per assomigliare a una di quelle vecchie mele che diamo da mangiare ai maiali".

"Sembra una cosa piuttosto seria". Si fermò davanti alla porta della loro camera da letto. "Perché non la svegli?".

La bambina fece una faccia scioccata e scosse la testa da una parte all'altra. "No, ho bisogno che lo faccia *tu*".

Penn nascose una risatina dietro la finzione di un colpo di tosse. Al di là della porta, Freya era nuda e addormentata in una vasca, e questa piccola sensale era abbastanza matura da sapere che la cosa gli sarebbe interessata.

"Dovresti andare a chiamare Shona. Può risvegliare la sua padrona".

Ella scosse di nuovo la testa da una parte all'altra, facendo un secco no. "Fie mi dice sempre di non entrare mai nella stanza di Shona quando c'è Dougal e la porta è chiusa. È inap... inappi...".

"Inappropriato?"

Lei annuì, spingendo un po' la porta. "Svegliala tu".

"Credo che tua zia potrebbe ritenere inappropriato che io entri nella sua camera da letto e la svegli". Fece un passo indietro. "No, credo che per questo lavoro tu sia la persona ideale ".

Mentre lei si mordeva il labbro e lo fissava, Penn iniziò a preoccuparsi. L'acqua in cui giaceva Freya doveva essere fredda. C'era abbastanza legna nel camino? Sicuramente avrebbe potuto prendere freddo. Decise di bussare forte per svegliarla.

"Lo farò", annunciò Ella. "Ma a una condizione".

Avrebbe dovuto immaginare che questo folletto avrebbe avuto un motivo secondario. "Cosa?"

"La sveglio e torno se farai una partita a backgammon con me".

Guardò il salotto dove lei stava indicando. Su un tavolo accanto al caminetto c'era una scatola di giochi.

"Sai come si gioca?"

"Me l'ha insegnato il nonno".

"Non lo so. Domani abbiamo una giornata piena".

"So che è tardi e che per te è passata l'ora di andare a dormire ", rispose lei. "Solo una partita".

A Penn venne in mente la possibilità che Freya non fosse affatto nella vasca, ma che dormisse profondamente nel suo letto. Tutto quello avrebbe potuto essere uno stratagemma della piccola stratega che gli stava davanti.

Fece finta di sbadigliare. "*È* passata l'ora di andare a letto. Forse possiamo fare una partita domani sera quando ci fermiamo a casa del mio amico".

Incrociò le braccia e lo fissò. "Fie potrebbe non arrivare a domani se dorme nella vasca tutta la notte".

Penn non si era mai trovato in una situazione di stallo con una bambina di cinque anni. "La mia proposta è questa. Vai a svegliare tua zia. Se fa un rumore abbastanza forte da permettermi di sentirla fino a qui, ti racconterò una storia".

"Che tipo di storia?"

"Una bella storia che ti assicuro non hai mai sentito da tuo nonno".

Lei gli lanciò uno sguardo scettico. "Ho sentito molte e molte storie. Migliaia".

"Questa è stata raccontata a me e ai miei fratelli e sorelle da una donna di nome Ohenewaa. Era come una nonna per noi ed era originaria dell'Africa".

"Raccontami l'inizio".

Non poteva credere a questa ragazzina. Non aveva intenzione di farsi imbrogliare.

"La lucertola mostra alla tartaruga una grotta nascosta piena di ignami". Si fermò. "Vai a svegliarla".

La bambina corse nella camera da letto, lasciando la porta socchiusa. Poco dopo, Penn sentì un rumore d'acqua e il forte sussulto di Freya. Prima che potesse formulare un'immagine di ciò che era appena successo, Ella era di nuovo fuori, chiudendo la porta.

"Molto bene", disse lei, prendendolo per mano e portandolo a sedersi vicino al fuoco. "Voglio sentire il resto. Ma cos'è un igname?".

Capitolo Sei

Svegliata di soprassalto da Ella, Freya rimase in piedi nella vasca, guardando stordita la nipote in fuga.

Si era addormentata nella vasca da bagno. Quando mai lo aveva fatto? Mai, prima di quella sera.

Infilandosi la camicia da notte sulla testa, Freya si affrettò verso la porta che conduceva al salotto. La aprì e li vide.

Ella, avvolta in una coperta, era già accoccolata accanto al capitano su un divanetto. Rimase ferma, appoggiata alla porta, incapace di intromettersi in un'esperienza che sapeva essere una prima volta preziosa. Gregory era l'unico uomo al di fuori della famiglia con cui avesse mai visto Ella entrare in sintonia. La bambina stava ascoltando rapita mentre lui raccontava la storia di una terra di animali e di una tartaruga ingorda. Il melodico alzarsi e abbassarsi della sua voce, il modo in cui la faceva sospirare un momento e sussultare quello successivo, era incantevole da vedere.

E poi, lui la vide e l'intensità del suo sguardo prolungato infiammò il corpo di Freya. I suoi capelli erano un groviglio di riccioli selvaggi, ancora gocciolanti dal bagno. La camicia da notte si modellava sulla sua pelle bagnata. Non aveva importanza.

Lei rimase immobile, incapace di sentire le parole, sentendosi nuda davanti a lui. Non riusciva a muoversi. Era come se tra di loro si stesse forgiando una catena, ogni anello risplendeva di rosso con un calore che non aveva mai provato.

Quando la storia terminò ed Ella si alzò, Freya rientrò silenziosamente nella stanza e si tirò addosso uno scialle. Un attimo dopo, sua nipote entrò dalla porta con un sorriso felice. Con un allegro "buonanotte", il piccolo angioletto saltò sul letto.

Con gli occhi che cominciavano ad abbassarsi, Ella mormorò ancora qualche parola sui vantaggi di scegliere il Capitano come marito anziché il Colonnello Richard. Freya non era l'unica ad essere affascinata da Gregory Pennington, ma non riusciva a ricordare alla bambina che non aveva scelta.

Quando Ella si addormentò, lo sguardo di Freya si spostò sulla porta leggermente socchiusa. Si chiese se Gregory fosse ancora lì fuori. Avvolgendosi nello scialle, si avvicinò in punta di piedi, con l'intenzione di chiuderla. All'ultimo momento, non poté fare a meno di guardare. Lui era in piedi vicino alla finestra e il suo sguardo si spostò immediatamente verso di lei.

Era a piedi nudi. La camicia, che pendeva libera sui pantaloni, era abbottonata solo a metà. Freya non avrebbe mai immaginato di poter trovare così eccitante un abbigliamento così disinvolto di un uomo.

Supponeva di doverlo ringraziare per essersi assicurato che Ella non si fosse cacciata in qualche guaio scappando dalla loro camera da letto. Beh, questa era la bugia che Freya si raccontò mentre entrava silenziosamente nel salotto, chiudendo dolcemente la porta dietro di sé.

Prima che lei potesse dire una parola, Gregory attraversò la stanza. Le prese le mani e qualsiasi cosa lei stesse per dire andò perduta per sempre. Egli non fece pause mentre le loro dita si intrecciavano e la condusse verso la sua camera da letto.

Era una follia, ma non voleva che finisse.

La fece passare attraverso la porta, lasciando questa leggermente aperta e facendola appoggiare al muro.

"Voglio baciarvi", le sussurrò, i suoi occhi ardenti incontrarono quelli di lei. "Ditemi che non volete la stessa cosa e... e mi comporterò come so che dovrei".

Il desiderio la attraversò, un'intensa forza primitiva che la fece tremare.

Un palpito nel basso ventre iniziò a diffondersi. "Non sono mai stata baciata".

Le accarezzò il lato del viso, sfiorando con il pollice la pelle sensibile del labbro inferiore. Lei era ben consapevole che stava respirando in modo poco profondo e rapido.

"Lascia che io sia il primo". Si avvicinò, il suo corpo era a un soffio da quello di lei.

Avrebbe dovuto interrompere tutto questo, allontanarsi da lui. Non era mai stata con un uomo, ma non era ignara di cosa significasse. Freya sapeva che lui stava suggerendo qualcosa di più. Cercò disperatamente di pensare, ma era come se fosse caduta sotto un incantesimo. Riuscì solo ad annuire.

Le labbra dell'uomo sfiorarono quelle di lei e tutte le sue preoccupazioni scomparvero in un vortice di consapevolezza. Era gentile e paziente, le sue labbra ferme giocavano dolcemente con quelle di lei come se fosse un frutto maturo che temeva di danneggiare. Le sue dita scivolarono sotto la coltre dei suoi capelli e le accarezzarono la pelle sensibile del collo. Lei si sciolse al suo tocco e sentì un gemito di bisogno sgorgarle dalle labbra.

Gregory approfondì il bacio, stuzzicandole con la lingua la giuntura delle labbra. Il palpito nel ventre si trasformò in un desiderio doloroso che si diffuse lungo gli arti e sui seni. Le sue labbra si aprirono sotto quelle di lui, invitandolo a entrare, desiderandolo, avendo bisogno di più di lui. Sentì il gemito soddisfatto di lui quando con la lingua scivolò nella bocca di lei.

Il sussulto di passione che la attraversò dissolse il resto delle sue paure. In un attimo, Freya lo stava baciando a sua volta. Le sue mani gli si strinsero intorno al collo, la sua lingua mimava la danza che aveva appena imparato.

Qualsiasi brandello di controllo a cui lui si stava aggrappando scomparve improvvisamente. Intrecciò le dita nei capelli di lei e le tirò indietro la testa, prendendo e assaporando con la bocca tutto ciò che lei gli stava offrendo.

Il corpo di quest'uomo la chiamava. Era un mistero da esplorare. Tolse le mani dal collo di lui e fece scorrere le dita sul lino della camicia fino a quando non trovò la strada per entrarvi sotto. La pelle calda di lui sembrava bruciarla. Sentì la curva d'acciaio delle spalle possenti e accarezzò la spolverata di peli sul suo petto.

"Mi fate impazzire, Freya", le sussurrò contro le labbra prima di far scivolare le mani lungo la schiena e avvolgerle il sedere. La premette contro la sua durezza e spinse una coscia tra le gambe di lei finché ella non sussultò.

Lei era in trappola, ma allo stesso tempo non desiderava essere in nessun altro posto. La sensazione del corpo di lei contro quello di lui era portentosa.

Le sue labbra lasciarono la bocca di lei e si spostarono sul viso, scendendo fino alla mandibola. Quando affondarono nella pelle sensibile della gola, lei premette la schiena contro il muro, offrendogli volontariamente il suo corpo. Tutto di lei.

Ogni nervo del corpo gridava per averne ancora quando le dita di lui accarezzarono il capezzolo inturgidito attraverso la camicia da notte e poi saggiarono la pesante pienezza del seno nella sua mano.

La pressione nel basso ventre continuava a crescere. Non riusciva a pensare o a concentrarsi. Le mancava il respiro, ma ciononostante voleva ancora di più.

Riportando la bocca sulle labbra di lei, sussurrò: "Cavalcami".

La voce di lui era roca, il suo respiro corto come quello di lei. La ragazza non sapeva cosa intendesse e poi lui premette la gamba contro il suo sesso. Le cosce di lei si strinsero intorno ai suoi muscoli, mentre avvertì dell'umidità nel suo stesso centro. Arrendendosi a un istinto primordiale, iniziò a dondolare contro di lui e lui le fece scorrere le dita lungo la scollatura della camicia da notte, facendola scendere sulle spalle. Lei tirò fuori le braccia e la camicia le cadde in vita mentre la bocca di lui si chiudeva intorno a un capezzolo.

Lei gemeva dolcemente, le sue dita affondavano nei capelli di lui, le mani gli accarezzavano la guancia mentre lui succhiava. Voleva che non si fermasse mai. Una pressione tumultuosa stava crescendo dentro di lei. Vedere i tratti scuri del suo viso contrastare con la pelle pallida di lei mentre la sua bocca si muoveva per procurarle piacere era la cosa più erotica che avesse mai potuto immaginare.

Si rese a malapena conto del momento in cui il suo mondo si capovolse. Abbracciata a lui, si sentì andare in mille pezzi dal piacere, soffocando i suoi gemiti di liberazione contro il petto di lui.

Questa era una prima esperienza per lui.

Tenendo Freya tra le braccia, avvolto attorno al corpo di lei, così come lei si era avvolta attorno al cuore di lui, Penn sentì che il battito del suo cuore cominciava a diminuire. Mai in vita sua si era sentito così protettivo nei confronti di una donna come in questo momento. Mai prima d'ora si era chiesto se quella donna fosse la persona con cui era destinato a trascorrere la vita.

Lei sollevò la testa dalla sua spalla e si sistemò la camicia da notte, coprendosi. Lui si allontanò e raccolse lo scialle dal pavimento. Anche nella luce fioca del fuoco, vide il rossore che si diffondeva sulla pelle chiara del petto, della gola e delle guance. Lei evitò di guardarlo negli occhi.

"Io... io sono... non avrei dovuto...". Le sue parole si spensero.

Le sollevò delicatamente il mento, incontrando il suo sguardo scuro. "Ci siamo girati intorno dal momento in cui abbiamo iniziato il viaggio. Vedendoti uscire da quella stanza, ho dimenticato il bene e il male. Volevo te".

Le sfiorò le labbra con le sue e fu sollevato dal fatto che lei ricambiasse il bacio, anche se si ritrasse di nuovo troppo in fretta.

"Sono la custode di una bambina", disse lei, appoggiando il palmo della mano sul suo petto mentre lui si avvicinava per baciarla ancora una volta. "Rovinerebbe tutto per me e per Ella... qui... essere scoperti".

Aveva ragione. Era contento che uno di loro avesse abbastanza buon senso da fermarsi a riflettere. Ella sarebbe potuta entrare da un momento all'altro. Anche Shona e suo marito erano vicini. Quanto sarebbe stato difficile per Freya se fosse stata scoperta nella sua camera da letto?

Con un tocco leggero come una piuma, gli accarezzò la mascella e gli diede un rapido bacio sul mento prima di raccogliere lo scialle attorno a sé e scivolare fuori dalla sua camera da letto. Un attimo dopo, sentì la porta della sua stanza aprirsi e chiudersi.

In piedi sulla porta, Penn si fermò e ricordò la visione di Freya in piedi fuori dalla sua camera da letto, che li osservava. I capelli castano chiaro, scuriti dall'acqua del bagno, le ricadevano in onde di riccioli fino alla vita. I suoi occhi erano grandi e brillanti alla luce del fuoco. La lunga camicia da notte bianca le aderiva al corpo, la stoffa bagnata le abbracciava i seni e i fianchi in modo provocante. Come fosse riuscito a continuare il racconto della storia era un mistero, perché guardandola si era sentito un uomo perso.

La bambina era tornata da Freya nella loro stanza dopo aver finito la favola, ma lui non era riuscito a ritirarsi. Mentre aspettava nel salotto, camminando avanti e indietro tra la finestra e il camino, rimuginava sui cambiamenti che lo avevano colpito. Aveva bisogno di toccarla. Baciarla. Farle capire l'effetto che aveva su di lui. Il sonno era la cosa più lontana dalla sua mente. Ma quando lei era emersa ancora una volta e poi lo aveva seguito di sua spontanea volontà nella camera da letto, lui era riuscito a darle solo un assaggio di quello che poteva esserci tra loro.

Ora, più che mai, voleva fare l'amore con lei. L'intensità del suo desiderio era terrificante. Mai prima d'ora aveva provato una tale brama per una donna. Ma quando lei era emersa ancora una volta e poi era venuta di sua spontanea volontà nella sua camera da letto, lui era riuscito a darle solo un assaggio di quello che poteva esserci tra loro.

Si girò e tornò a guardare il letto. Non l'avrebbe sedotta. Lei aveva troppo in gioco. Non si sarebbe approfittato di lei, non mentre nella sua mente stava ancora cercando di decidere se lei ed Ella potessero essere il suo futuro.

Non c'era dubbio che qualsiasi uomo che avesse sposato Freya si sarebbe accorto di aver vinto un premio da custodire gelosamente. Ma questo significava sistemarsi. Impegnarsi. Rinunciare ai suoi progetti di trasferirsi a Boston e costruire le città di quella nuova nazione.

Era pronto a riconsiderare tutto il suo futuro?

Aveva molte cose da valutare prima che avessero raggiunto Baronsford.

Capitolo Sette

ANCHE SE L'ORA non era tarda, la luna era già sorta alta nel cielo stellato quando raggiunsero Aberdeen e la casa del Capitano John Simpson e di sua moglie Myrna, florida e in dolce attesa.

Quando la carrozza si fermò davanti alla porta d'ingresso, a Freya sembrò che la casa in pietra grigia scintillasse al chiaro di luna e che ogni finestra fosse illuminata da una calda luce di benvenuto. Le sue prime impressioni non erano sbagliate, perché la deliziosa coppia non avrebbe potuto essere più ospitale nel salutarli e nell'accoglierli nella loro casa.

Myrna, che già emanava un'aria materna mentre si muoveva con grazia per le stanze, era particolarmente entusiasta di passare del tempo con Ella, che era a sua volta anche lei molto interessata alla padrona di casa. Insieme, le due giocarono e chiacchierarono mentre Freya si sistemava e si preparava per la cena.

Dopo gli eventi inaspettati che si erano verificati nella camera da letto di Gregory la notte precedente, si era sentita in imbarazzo come se fosse trasparente nella carrozza ed era sollevata dal fatto che l'attenzione di Ella fosse concentrata su qualcun altro. Mentre passavano accanto a foreste e fattorie, non riusciva a guardare

Gregory e a non ricordare la sensazione della sua bocca sulle labbra, sulla gola e sui seni. Ogni volta che un solco o una curva della strada faceva sì che le loro gambe si toccassero, lei sentiva di nuovo la pressione di quelle cosce che l'avevano fatta librare dal piacere. Viaggiò per tutto il giorno in un perenne stato di eccitazione e le sembrò che Ella fosse fin troppo consapevole dello stato in cui era.

Passione. Com'era possibile che avesse raggiunto la sua età e non avesse mai conosciuto la reazione travolgente che provoca nel corpo e nella mente di una persona? Quello che Gregory le aveva fatto provare la notte precedente l'aveva cambiata irrimediabilmente e l'aveva provato senza che lui l'avesse mai portata a letto. Aveva soddisfatto bisogni che lei sapeva a malapena esistessero. Ma che dire dei bisogni di lui?

Mentre erano seduti tutti insieme a cena, Freya sentì che il suo sguardo continuava a tornare su di lei, ma evitò di guardarlo. L'infatuazione che aveva sviluppato per il Capitano Pennington non faceva che aumentare l'imbarazzo che provava. Ma a prescindere da ciò che provava per lui, rimase affascinata dalla storia che John Simpson condivise con loro dopo che Ella, autorizzata a cenare con gli adulti su insistenza di Myrna, aveva fatto una domanda sulla zoppia dell'uomo.

"Non mi dispiace affatto parlarne", disse alla bambina. "Sono uscito dalla battaglia zoppicando, ma se non fosse stato per il coraggio di quest'uomo, avrei sicuramente perso la vita".

Dal momento in cui il Capitano Simpson alzò il bicchiere verso Gregory, Ella non fu l'unica ad essere impaziente di ascoltare la storia. Freya si ritrovò a pendere dalle sue labbra.

"È successo tutto in un posto chiamato Benavente, in Spagna", raccontò. "All'epoca eravamo entrambi aggregati alle forze di Lord Paget, anche se allora ci conoscevamo appena. L'esercito si stava muovendo verso ovest, cercando di raggiungere il mare. Questo mese sono passati nove anni da quando è successo e, allora, il tempo invernale era molto rigido. Il terreno era semicongelato e un fiume che avevamo appena attraversato era ingrossato a causa delle recenti piogge. Noi ingegneri avevamo appena demolito il ponte, ma la cavalleria francese attraversò comunque il fiume. Forse erano in ottocento".

Fece una pausa e sorseggiò il vino. Tutti al tavolo erano concentrati su di lui, ad eccezione di Gregory, che stava fissando il suo bicchiere.

"I proiettili volavano e le sciabole scintillavano", continuò, raccontando la sua storia direttamente a Ella. "Mi sono beccato una pallottola in questa gamba e sono caduto a terra nel bel mezzo della battaglia. Pensavo che fosse la fine, perché gli zoccoli dei cavalli mi rimbombavano intorno alla testa. All'improvviso, mi sentii sollevare da terra e gettare sulla spalla del vostro valoroso capitano".

Simpson alzò di nuovo il bicchiere a Gregory.

"Con la sua stessa spada, combatté il nemico mentre mi portava in salvo via dal campo. Dio solo sa quanta strada c'era da fare, ma non ha mai fatto una pausa per riprendere fiato prima di salire su un cavallo da guerra vagante e tornare al galoppo nella mischia. Mi sono guadagnato una zoppia per i miei guai, ma sarei morto là fuori con la stessa certezza con cui siamo seduti qui. E devo ringraziare un solo uomo per questo, e quell'eroe merita e ha la mia gratitudine, per sempre".

Il loro ospite si sedette dopo aver terminato il racconto, e Freya ed Ella guardarono contemporaneamente Gregory. Egli non aveva mai parlato di questo coraggio in tutte le loro conversazioni sul suo passato.

"Il capitano Simpson è noto per abbellire un po' i dettagli", disse, evidentemente a disagio per gli sguardi adoranti sui volti delle donne al tavolo. Lanciò un'occhiata al suo amico. "Non ci vorrà molto prima che tu dica che sono sceso da una nuvola e ho diviso il mare per salvarti".

Un campione umile, pensò Freya.

Ella si inginocchiò sulla sedia e aprì le braccia verso Gregory, che era seduto accanto a lei. "Posso avere un abbraccio da un eroe?".

Ovviamente sorpreso e commosso dalla sua richiesta, guardò Freya prima di stringere la bambina al suo petto.

Freya si portò il tovagliolo alle labbra per nascondere l'improvviso tremolio del mento. L'affetto per lui permeava il suo stesso essere. Tra Ella e il capitano si era creato un legame che, secondo lei, la nipote avrebbe sempre ricordato e rievocato con affetto.

Dato che avevano finito di mangiare, Freya scusò se stessa ed Ella, decidendo che era il momento migliore per mettere a letto la nipote. Al piano di sopra, mentre Shona le raggiungeva e infilava la camicia da notte di Ella sulla testa della piccola, la storia che avevano sentito al piano di sotto veniva raccontata con dovizia alla bambinaia. Sistemando Ella nel letto, Freya si aspettava di sentire altre domande sulla guerra, visto che vi aveva perso suo padre. E fu sorpresa di scoprire che la curiosità della nipote era rivolta alla padrona di casa.

"La signora Simpson morirà dopo aver partorito?".

"No. No, tesoro. Non tutte le madri muoiono facendo nascere i loro bambini", le assicurò Freya, accarezzando i morbidi riccioli mentre Shona si sedeva su una sedia accanto al fuoco, lavorando al cucito.

"Quante di loro muoiono?"

"Non lo so", rispose, cercando di riflettere su ciò che stava per dire, sapendo già che ogni risposta avrebbe scatenato una dozzina di altre domande. "Non troppe".

"Quando sposerai il capitano Pennington e...".

"*Non* sposerò il capitano Pennington", la corresse, ignorando lo sbuffo proveniente dalla bambinaia.

"Quando sposerai il capitano Pennington", riprese Ella.

Freya guardò accigliata la nipote.

"Molto bene", disse la bambina. "Quando sposerai *Gregory* e ti crescerà la pancia come alla signora Simpson, mi prometterai di non morire?".

Il sigaro di Simpson si era spento due volte da quando i due uomini erano rimasti soli nella sala da pranzo e Penn vide che stava per spegnersi di nuovo. Il suo amico era un uomo che si concentrava su una sola cosa quando si appassionava a un argomento, e questo lo entusiasmava particolarmente.

"Hanno iniziato a chiamare Union Street il 'Miglio di Granito' ed è una cosa da vedere. La costruzione della strada ha richiesto un'enorme abilità dal punto di vista ingegneristico. Abbiamo dovuto spianare una buona parte della St. Catherine's Hill e poi costruire degli archi per far passare la strada su Putachieside. È una cosa bellissima, te lo giuro".

John continuò ad illustrare quello che era già stato realizzato e i piani che avevano in cantiere. I cambiamenti erano molto estesi, certo, ma Penn sapeva che la costruzione di questo porto non era un fenomeno isolato. I principali porti di tutta la Scozia, compresi quelli delle Highlands, erano in fase di espansione e miglioramento. Dalla fine delle guerre francesi, la cantieristica navale e l'industria della pesca stavano diventando sempre più importanti e avevano bisogno di strutture portuali, strade e ponti più grandi e migliori. Uomini come Simpson e lui stesso erano richiesti per far parte di commissioni edilizie civiche in ogni grande città. Le sue capacità sarebbero state molto richieste se fosse rimasto in Scozia.

Mentre il suo amico parlava, però, la mente di Penn andò a Freya. L'espressione calorosa che aveva attraversato il suo bel viso quando Ella lo aveva chiamato eroe e lo aveva abbracciato era un'espressione alla quale poteva facilmente abituarsi.

"Ho bisogno di alcune informazioni che potresti avere, John", disse quando il suo amico ebbe finito di progettare ipotetiche nuove strade in macadam per la maggior parte delle Highlands. "Dimmi cosa sai del Colonnello Richard Dunbar".

"È un pessimo soggetto, come sai", rispose Simpson, versando altro vino per entrambi. "È un parente della tua Miss Freya, vero?".

"Un parente avido. Un cugino in attesa della morte di suo padre. Dunbar diventerà barone quando morirà ed erediterà una rispettabile fortuna". Penn non fece alcun cenno al fatto che Freya avesse intenzione di sposare il furfante.

"Non c'è niente di nuovo", osservò Simpson. "Ma a meno che la salute del barone non sia in gravi condizioni, credo che il Colonnello possa trovarsi in guai seri".

"Cosa hai sentito?"

"Si tratta di soldi, ovviamente, come di solito accade agli sciocchi che si lasciano abbindolare dai tavoli da gioco". Si prese un momento per accendere il sigaro. "Tutti a Fort William sanno che è indebitato e che il debito è al di sopra delle sue possibilità. Non ci sono feste mondane o club per gentiluomini a Londra, come sai. Ma gli inferni del gioco..." Scosse la testa. "Ho sentito di recente che Dunbar ha parlato di vendere la sua commissione per pagare i debiti, ma non è abbastanza".

"Non credo che quei loschi individui là fuori siano disposti a vedere di buon occhio una sua nota a lungo termine".

"Infatti".

"Quanto deve?" Chiese Penn.

"Solo voci, ovviamente. Ma l'ultima volta che ne ho sentito parlare, aveva un debito di settemila sterline", gli disse Simpson.

Penn emise un fischio basso.

"Io e te abbiamo visto più di qualche gentiluomo perdere la propria fortuna nel corso degli anni".

Purtroppo questa era la verità. Per molti, il gioco d'azzardo era un'abitudine a cui non riuscivano a sottrarsi. Gli uomini scommettevano su qualsiasi cosa, dalle carte ai dadi, dai cavalli alla gara tra due scarabei stercorari.

"Diventano così disperati che qualsiasi onore gli sia rimasto viene messo da parte", continua Simpson. "Mentono, imbrogliano, fuggono dal paese. Rovinando irrimediabilmente la reputazione di una famiglia. Gli uomini fanno cose folli quando cadono in momenti come questi".

E quando la carcassa di Dunbar sarebbe finita in un fosso, e Penn era certo che prima o poi sarebbe successo, il futuro di Freya ed Ella sarebbe stato rovinato. Non poteva permettere che ciò accadesse.

"Sei a conoscenza di un imminente matrimonio con un'ereditiera di Caithness?".

"L'ho sentito, ed è tutta una menzogna. L'ha già fatto in passato per guadagnare tempo. Sei mesi fa, giravano voci su un fidanzamento con la figlia di un conte dello Yorkshire. Anche in questo caso, una menzogna. La situazione del Colonnello è grave".

Capitolo Otto

QUEL GIORNO ERA la prima volta che le due donne si incontravano, ma Freya non aveva dubbi che, se avessero vissuto nella stessa città, avrebbero frequentato spesso l'una la casa dell'altra. Dopo aver lasciato la nipote addormentata a Shona, raggiunse la padrona di casa in salotto.

Myrna era curiosa di sapere come fosse arrivata a crescere Ella, così Freya le raccontò il destino dei genitori della bambina. Dopo aver trascorso un po' di tempo in compagnia di Ella, era interessata anche a sapere quanto fosse stato difficile crescere una bambina di cinque anni così brillante e precoce senza un marito.

"Non saprei fare un confronto", rispose Freya con franchezza. "Tra mio padre e Shona e una casa di persone che adorano mia nipote, credo che abbiamo gestito la responsabilità... collettivamente".

Alla domanda su questo viaggio verso Baronsford, Freya disse semplicemente che era la prima occasione per la bambina di incontrare la nonna paterna. Non vedeva alcun motivo per parlare dell'ultimatum della vedova o del Colonnello Dunbar. Tuttavia, alla menzione di Lady Dacre, Myrna trovò un altro argomento che le collegava.

"Ah, le famiglie dei ricchi", sospirò. "Spero che la nonna di Ella sia un'eccezione rispetto alla maggioranza, perché credo che i ricchi ricevano proprio un'istruzione apposita per fare i difficili. Spero che la vostra visita da lei sia piacevole e priva di problemi".

Le sue parole fecero sì che Freya guardasse meglio la sua padrona di casa. "La famiglia del capitano Simpson è stata impegnativa?".

La giovane donna fece una pausa, cercando di trovare il coraggio di esprimere ciò che la turbava.

"Lo sono stati", ammise Myrna. "Ma se posso parlare in confidenza, erano contrari al nostro matrimonio".

"Mi dispiace molto", le disse Freya. "Non riesco ad immaginare che, dopo avervi conosciuto, qualcuno possa avere delle obiezioni".

"Non mi hanno mai conosciuta", disse, "perché sono per metà scozzese e per metà irlandese e mio padre è un ecclesiastico. Eccomi qui un anno dopo, con un bambino in grembo, e ancora si rifiutano di invitarci nello Staffordshire o di riconoscermi in qualche modo".

"Penso che sia un comportamento inconcepibile da parte loro", esclamò Freya, con il cuore in mano per la giovane donna. Nemmeno sua sorella aveva mai conosciuto la famiglia di suo marito. Non avevano mostrato alcun interesse nel vedere Ella.

Myrna fece un debole sorriso. "Ma niente di tutto questo ha davvero importanza. John è il migliore dei mariti e terribilmente bravo in quello che fa. E come vedete, abbiamo creato una casa di cui possiamo essere orgogliosi".

Freya si avvicinò e strinse la mano dell'amica. "Una casa che presto sarà animata dalle risate del vostro bambino".

Il viso di Myrna si illuminò di gioia. Erano felici, indipendentemente dalla famiglia.

"Allora, parlatemi del capitano Pennington", disse la sua ospite, cambiando argomento. "Da quello che ho visto stasera, avete un'intesa? Si è dichiarato pubblicamente?".

Freya sentì il suo viso arrossire immediatamente. Cercò una spiegazione per dissipare l'impressione errata. "No! Io e il capitano siamo solo amici. La nonna di Ella ci incontrerà nella casa della sua famiglia nei Borders perché la tenuta del Conte di Aytoun nell'Hertfordshire è molto vicina a quella di Lady Dacre. Il Capitano ci sta accompagnando solo per le sue naturali gentilezza e premura. Se l'attaccamento di Ella a lui vi ha dato... è così desiderosa di... io non...".

La mano di Myrna toccò dolcemente quella di Freya, ponendo fine al balbettio senza senso.

"Capisco", disse la futura mamma in tono consolatorio.

Dei tentativi di negazione continuavano ad attraversarle la mente, ma dopo la scorsa notte, erano tutte menzogne. Era decisamente successo qualcosa tra loro. Qualcosa di meraviglioso e magico. Oggi era una donna diversa rispetto all'innocente che aveva iniziato quel viaggio.

"Considerando i piani del Capitano Pennington, capisco certamente il vostro dolore".

Una voragine si aprì sotto Freya e la speranza la abbandonò. Nel suo petto si formò un nodo doloroso.

"Certo... i suoi piani", disse, fingendo di essere a conoscenza di ciò a cui Myrna si riferiva.

"Quando John è venuto a conoscenza che il capitano aveva comunicato al corpo che intendeva dimettersi dal suo incarico, ne è stato felice, per il capitano stesso, finché non appreso la sua intenzione di andare in America". Myrna scosse la testa. "Boston è così lontana".

"Boston", ripeté Freya, e il cuore sprofondò ancora di più.

"John dice che il capitano ha una famiglia lì. Uno zio e dei cugini. Comprendiamo ovviamente che Boston è una città in crescita dove un uomo può lasciare il suo segno, ma non è esattamente casa sua, o no?".

Boston. Sentendo che il mento iniziava a tremare, si alzò con la scusa di recuperare uno scialle da una sedia dall'altra parte della stanza per guadagnare un momento.

Cosa le era venuto in mente? Si chiese. Come aveva potuto

essere così sciocca da pensare che la loro piccola storia d'amore in viaggio potesse risolvere magicamente tutti i suoi problemi?

Raccogliendo lo scialle, chiuse gli occhi per un momento e pensò a lui. Gregory non le aveva mai mentito. Le aveva detto molto sul suo passato, ma nulla sui suoi progetti per il futuro. La notte precedente era stata un regalo. In quale altro modo poteva considerarla?

"Non lo sapevate, vero?".

Il tono preoccupato di Myrna fece voltare Freya.

"Lo sapevo. Certo", mentì. "Come ho detto prima, non c'è alcuna intesa tra me e il Capitano Pennington. Assolutamente no".

Quando Penn e il suo ospite si unirono alle donne nel salotto, i suoi occhi trovarono subito Freya. Doveva portarla via. Aveva così tante cose di cui voleva parlarle, pensieri che si erano formati a metà ma che desiderava condividere.

Due divani dall'imbottitura brillante erano l'uno di fronte all'altro vicino il fuoco e lei era seduta accanto a Myrna come una cara amica. Il suo sguardo si fissò su di lui nel momento in cui gli uomini erano entrati, con gli occhi che gli accarezzavano il viso come se cercasse di fissare la sua immagine nella memoria. O era alla notte precedente che stava pensando? Lui non poteva saperlo.

Ogni volta che la vedeva, ne rimaneva sempre più rapito. Con la luce del fuoco alle spalle, i capelli castano chiaro di lei formavano un'aureola intorno al suo viso angelico. Il desiderio di attraversare la stanza e prenderla tra le braccia era quasi irrefrenabile.

La padrona di casa si alzò e tese una mano al marito. "Vieni con me. Tuo figlio è particolarmente acrobatico stasera".

Mentre la coppia faceva il suo giro per la stanza, Penn si spostò verso Freya, sfiorando con la gamba la gonna di lei mentre le si sedeva accanto. Sapeva che non era frutto della sua immaginazione quando sentì la spalla di lei premere delicatamente contro di lui. Le prese la mano e ne accarezzò la pelle morbida e le dita sottili. John e sua moglie erano dall'altra parte della stanza, concentrati l'uno sull'altra. Ma se fossero consapevoli o meno del comportamento dei loro ospiti, a Penn non importava.

"Temo di stancarmi molto facilmente in questi giorni", disse Myrna, avvicinandosi a loro. "Vi prego di perdonarmi se vi lascio, ma devo ritirarmi per la notte".

Penn e Freya si alzarono per augurarle la buonanotte. Dietro di loro, il fuoco scoppiettava e divampava nel focolare, rispecchiando il tumulto nel petto di lui.

"Se volete scusarmi, tornerò giù a breve", disse John, aggiungendo: "Non mi piace che cerchi di fare quelle scale da sola".

Nel momento in cui la porta si chiuse alle spalle dei loro ospiti, Penn prese Freya tra le braccia. "Speravo di avere questa occasione per dirvi...".

Non poté finire la frase, perché lei sollevò le dita verso le sue labbra.

"Grazie", disse dolcemente. "Grazie per quello che avete fatto per Ella... e per me. Grazie per la vostra generosità e la vostra gentilezza. Grazie per averci accompagnato in questo viaggio e per averci fatto vivere un'esperienza che conserveremo per sempre...".

Questa volta fu lui a interromperla. La baciò, profondamente. Tutta la passione che aveva accumulato dentro di sé per tutto il giorno si riversò come un torrente. Una diga dentro di lui era scoppiata e lui lo sapeva.

Nel momento in cui lei si abbandonò al suo tocco, lui prese possesso della sua bocca. Non la lasciò andare finché non sentì cadere ogni strato di riserva. Lei ricambiò il bacio con lo stesso fervore che provava lui, finché lui non interruppe il bacio. Aveva così tante cose da dirle.

"Non voglio gratitudine. Sono io che potrei continuare in eterno a parlare del cambiamento che avete portato nella mia vita". Non riuscì a contenere l'impetuosa ondata di emozioni. "Tu ed Ella siete gemme preziose. Ricordatelo. Non potete abbandonarvi a un futuro incerto... o sfavorevole".

Lei lo baciò di nuovo. Le sue braccia scivolarono verso l'alto, circondandogli il collo. I suoi seni premevano contro di lui e gli diede dei dolci baci sul mento e sulle labbra. Gli passò le dita tra i capelli e con la bocca si spostò sul suo orecchio, assaggiandone il lobo.

"Non voglio parlare del futuro", sussurrò. "In questo momento, voglio solo sentire e assaporare il dono rubato che è stato il nostro tempo insieme. Voglio fare tesoro di questi momenti preziosi".

Le parole di lei allontanarono ogni pensiero razionale dalla sua mente. Ogni giorno erano rimasti seduti per ore l'uno di fronte all'altra nella carrozza, sprecando momenti. Quante volte, solo oggi, aveva fantasticato di fare proprio questo: sentire il corpo di lei contro il suo, sentire le sue labbra contro le proprie?

Lei sollevò la bocca per farsi baciare di nuovo e lui prese quello che lei gli stava offrendo. La sua mano scivolò sul seno di lei, toccandola attraverso il vestito e massaggiando le sue curve sode. Lei si appoggiò a lui e le sfuggì un gemito sommesso.

Freya liberò la bocca. I suoi occhi erano grandi, belli e pieni di emozioni quando guardava in quelli di lui. Il colore bruciante delle sue guance rifletteva il fuoco che infuriava dentro di lei. E lui voleva essere il vento che alimentava quelle fiamme.

"Ho fissato nella memoria i ricordi del tempo trascorso insieme", disse lei con voce rotta. "Saranno come dei fiori pressati in un libro sacro. Quando gli anni passeranno, sfoglierò questi giorni e solleverò quei fiori sbiaditi alle mie labbra e ricorderò. Giusto o sbagliato che sia, farò tesoro del sapore della passione che mi hai mostrato... anche dopo aver sposato un altro".

Dopo aver sposato un altro...

Questi momenti rubati non significavano nulla senza la promessa dell'eternità. L'abbagliante realizzazione gli arrivò con la forza scatenata di un temporale estivo.

Si stava innamorando di lei.

E si rifiutava di immaginare la sua vita senza di lei.

Ma non ebbe modo di pronunciare quelle parole, perché bussarono e loro si allontanarono di scatto. Freya si spostò davanti al fuoco e il loro ospite entrò.

Capitolo Nove

La locanda era un grande edificio in pietra a Seagate, una zona di Dundee molto vivace e piena di attività. Alla periferia del porto, Freya osservò Gregory mentre dirigeva l'attenzione di Ella verso una curiosa collina che si ergeva sopra la città. La "Law" era nota per essere un'antica fortezza fatata, le disse. Da quel momento in poi, il naso della bambina rimase incollato al finestrino mentre attraversavano le strade strette e affollate di carretti e venditori. Lungo i vicoli fumosi, la bambina indicava con entusiasmo il porto con la sua foresta di alberi delle navi, incorniciati dalla luna crescente. Agli occhi della bambina, Dundee era molto più impressionante di tutti i luoghi in cui si erano fermati prima di quella sera.

Seguendo la routine stabilita durante il viaggio, non appena i loro bagagli furono portati nelle stanze predisposte dal capitano, Dougal partì per la sua missione di ricerca di qualsiasi traccia del Colonnello Dunbar.

Dovevano ancora attraversare Stirling ed Edimburgo prima di raggiungere Baronsford, ma Freya sentiva che suo cugino li avrebbe trovati qui. Diverse lettere del Colonnello avevano menzionato Dundee, un luogo che a quanto pare visitava spesso.

Da Aberdeen, la mente di Freya si era abbandonata all'autocommiserazione per l'oscura inevitabilità del suo futuro e la giovane donna aveva passato la giornata a cercare di nascondere la sua infelicità. Ma ogni volta che parlava, le sue parole suonavano vuote.

Freya osservò Ella che, come un uccellino, entrava e usciva dall'ampio e arioso salotto, esplorando le tre camere da letto. Le camere della locanda di Dundee erano simili a quelle di Huntly, ma più grandi e confortevoli. Mentre Ella girovagava, Freya e Shona riorganizzarono gli abiti nei bauli. Tra tre giorni, pensò malinconicamente, avrebbero incontrato Lady Dacre. Voleva essere sicura che fossero pronte.

La bambina attraversò il salotto e avvicinò una sedia alla finestra. Salendo su di essa, appoggiò il naso al vetro e scrutò la strada.

"Dove sta andando?" Chiese Ella un attimo dopo. "Ci sta abbandonando?"

La nota di angoscia nella voce della bambina distolse l'attenzione di Freya dalla sua infelicità.

Shona si avvicinò alla bambina e guardò fuori dalla finestra. "Il capitano Pennington è appena salito in carrozza, signora. Sta andando da qualche parte".

"Probabilmente sta facendo visita a degli amici". Freya mantenne la voce calma. "Oppure ha degli affari da sbrigare".

Ella saltò giù dalla sedia e corse da lei. "Quando tornerà?"

"Non lo so, amore mio".

"Non viene a cena con noi? Mi deve ancora una partita a backgammon", disse, tirando la mano di Freya. "Come farò a dormire stanotte se non mi racconta un'altra storia africana?".

L'evidente delusione di Ella non fece che aggravare il suo dolore. Separarsi da lui sarebbe stato molto, molto più difficile di quanto avesse immaginato. Sia per lei che per Ella.

"Posso raccontarti io una storia".

"No, voglio che lo faccia il Capitano".

Si accovacciò davanti alla nipote. "Il Capitano non è nostro e non abbiamo alcun diritto a trattenerlo. Ha altri amici. Persone con cui potrebbe voler passare del tempo. Dobbiamo rispettare la sua privacy. Non possiamo pretendere che passi ogni minuto con noi".

"Non passa ogni minuto con noi", la corresse Ella. "Dorme nel suo letto. Quindi non sta con noi ogni minuto".

Freya fece un respiro profondo, cercando di tenere sotto controllo le proprie emozioni.

"Credo che sia giunto il momento, tesoro, di allentare il nostro attaccamento al Capitano Pennington", disse dolcemente. "E sarebbe meglio farlo ora, piuttosto che dopo. Dobbiamo permettere anche a lui di vivere la sua vita".

Ella scosse la testa. "A lui piacciamo. Lo so. Gli piace stare con noi. Ti guarda tutto il giorno".

"Non è vero".

"Sì che è vero". Ella si rivolse alla bambinaia. "Diglielo, Shona".

È vero. Non è vero. È vero. Non è vero. Freya non aveva intenzione di giocare a quel gioco. Non aveva nemmeno intenzione di coinvolgere Shona come arbitro. Niente di tutto ciò faceva differenza. Gregory stava per partire.

"Possiamo piacergli ma può comunque avere anche altri amici", disse lei, sperando che questo fosse un modo per porre fine alla conversazione. "E se ci piace tanto quanto noi piacciamo a lui, allora dobbiamo lasciarlo andare".

"Lasciarlo andare dove?"

"Ovunque voglia".

"Dove?" Ella non si arrendeva.

"Non lo so, amore mio. Baronsford. Londra. Boston. Ovunque voglia andare".

"Dove si trova Boston?"

"È dall'altra parte del mare, in America".

"America?" Ella esclamò, con il mento che cominciava a tremare. "Ma è troppo lontana!".

Freya era d'accordo, ma cosa poteva fare? Che differenza faceva il fatto che stesse iniziando ad amarlo? Sapeva che lui teneva a lei e a Ella, ma aveva i suoi sogni da seguire. Sogni che lo portavano lontano dalle Highlands, lontano dalla Scozia. Le loro strade si erano incrociate solo per quel momento e questo l'aveva cambiata, le aveva dato qualcosa di speciale che avrebbe conservato per sempre, ma lui non poteva darle un futuro da condividere. E lei non gliElo avrebbe mai chiesto. Non avrebbe mai cercato di trattenerlo. Che tipo di amore richiederebbe il sacrificio di un sogno?

Allungando la mano, attirò la nipote nel suo abbraccio. Ma prima che potesse consolarla ulteriormente, un colpo attirò la loro attenzione sulla porta.

Shona rispose e Dougal entrò.

"È qui, signora. Il Colonnello Dunbar. Ci ha trovato. È al piano di sotto".

Il Colonnello Dunbar la stava aspettando in una sala da pranzo privata, accanto alla sala della locanda.

Nei diciotto mesi trascorsi dall'ultima volta che lo aveva visto, i cambiamenti nei lineamenti di suo cugino erano evidenti. Quando si alzò per salutarla con un inchino, il suo modo di fare trasmetteva ancora la sicurezza di un uomo convinto di poter incantare le piume di un pavone. Ma la carnagione pallida con le macchie rossastre sulle guance e sul naso gonfio le dicevano che si trattava di un uomo spesso ubriaco, una condizione che lei aveva sempre sospettato. Tuttavia, i suoi occhi iniettati di sangue erano ancora lucidi e la guardò con attenzione mentre lei rifiutava la sedia che il cameriere le porgeva.

Mentre congedava il cameriere, la colpì all'improvviso la realizzazione che quell'uomo era la realtà della sua vita futura. Era un uomo piccolo. Più basso di Gregory di almeno una testa. L'aria spensierata che cercava di trasmettere era smentita dal movimento costante e rapido del suo sguardo e dal tic nervoso sul lato destro del viso. In piedi, faccia a faccia con lui, la giovane donna si sforzò di nascondere la sua delusione. Il Colonnello Richard Dunbar non era all'altezza di Gregory Pennington. Neanche lontanamente. Ma del resto, nessuno era all'altezza di Gregory Pennington.

"Mi scuso per non avervi incontrato prima", disse. "È stato difficile staccarmi dai miei doveri".

"Sono sollevata che ci abbiate raggiunto", disse gentilmente, cercando di non far trasparire alcuna nota di emozione dal suo tono. "Finora abbiamo fatto un viaggio confortevole, grazie alla famiglia Pennington, e stando così le cose, dovremmo arrivare a Baronsford con qualche giorno di anticipo".

Scosse di nuovo la testa all'offerta di un posto a sedere.

"Come vi ho accennato nella mia lettera", continuò, "vi presenterò a Lady Dacre come mio promesso e...".

"A questo proposito", la interruppe. "I nostri piani sono cambiati".

Per un attimo si chiese se le voci che Gregory le aveva raccontato fossero vere. Forse era già sposato? Ma non ebbe tempo per festeggiare o piangere un evento del genere.

"Ho deciso che arriveremo a Baronsford *già* sposati".

Il cuore di Freya affondò. "Già sposati?"

"Sì", rispose in modo categorico, sfiorando una macchia sul polsino dell'uniforme. "C'è un avvocato qui a Dundee con cui ho avuto rapporti d'affari in passato. Domani ci presenteremo davanti a lui, ci scambieremo i nostri giuramenti e firmeremo un contratto di matrimonio. In questo modo, Lady Dacre non avrà dubbi sul futuro di tua nipote".

La mente di Freya correva. Non era una sciocca. Conosceva quest'uomo da sempre. Non era uno che faceva qualcosa per qualcuno se non ne traeva un vantaggio in qualche modo.

"Non c'è bisogno di un passo così drastico", gli disse.

"Lo considerate davvero 'drastico', signorina Freya?" le chiese con una finta aria di nonchalance.

"Intendo dire che credo che Lady Dacre sarebbe soddisfatta di incontrarvi e di sapere del nostro fidanzamento", gli disse. "Non vedo la necessità di ritardare un giorno in più qui".

"Avete appena detto voi stessa che siamo in anticipo sui tempi", disse. Lui scrollò le spalle e poi fissò i suoi occhi furbi su di lei. "Ma non importa. Insisto che il matrimonio si svolga qui, prima di avvicinarci di un solo passo a Baronsford".

Non aveva senso discutere sull'attesa di un matrimonio in

chiesa. Entrambi sapevano che in Scozia lo scambio delle promesse di matrimonio non richiedeva l'autorità di una chiesa per rendere legale l'unione. Non era necessaria la lettura dei bandi, ma solo un testimone che attestasse che la coppia si era dichiarata sposata davanti a lui. Il matrimonio di sua sorella non si era svolto in chiesa. Ma Lucy e Fredrick Dacre erano innamorati.

Freya guardò l'espressione fredda del cugino.

"Perché?" chiese lei. "Perché siete così irremovibile sul fatto che questo matrimonio abbia luogo *adesso*?".

"Non è quello che volete?", rispose lui. "Il matrimonio? Sicurezza per la vostra preziosa nipote?".

Non era soddisfatta del suo rifiuto di rispondere.

"Qual è il *motivo* di questa fretta?" insistette lei. "Sapete che la mia fortuna è modesta. Alla fine erediterete le proprietà dei Sutherland". Freya fece una pausa quando la comprensione si fece strada in lei.

Dunbar non volle pronunciare quelle parole, ma la verità era troppo evidente.

"Avete bisogno delle mie cinquemila sterline ora. Come mio marito, prendete quei soldi per voi".

"Molto bene", disse lui scuotendo la testa. "Che ne dite di questo? Entrambi abbiamo bisogno di qualcosa in questo momento. Voi avete bisogno di un marito, o della promessa di un marito, per tenere vostra nipote. Io ho bisogno di soldi per... beh, questi sono affari miei. Ognuno di noi ottiene quello che si aspettava".

Estrasse un biglietto dal cappello e lo girò sul tavolo accanto a lei.

"Troverete l'indirizzo dell'avvocato sul suo biglietto da visita. Mi aspetto che siate lì domani alle nove in punto".

Freya fissò il biglietto mentre lui le passava accanto. Non era una giocatrice d'azzardo, ma sapeva che lui aveva in mano la mano vincente. Non aveva altra scelta che presentarsi domani e sposare quell'uomo.

Le campane di una mezza dozzina di campanili delle chiese di Dundee stavano suonando le otto quando Penn scese dalla carrozza davanti alla locanda. Le strade di Seagate erano ancora vive e attive, ma i marinai e gli scaricatori di porto intenti a fare baldoria avevano ora sostituito i carrettieri e i venditori del giorno. Salendo le scale che portavano alle loro stanze, fu felice di rendersi conto che era abbastanza presto. Freya sarebbe stata ancora sveglia. Avevano tante cose di cui parlare.

Trovò il salotto vuoto e aggrottò le sopracciglia in direzione della porta chiusa di Freya. Ella stava sicuramente dormendo a quell'ora e si chiese come avrebbe potuto far uscire Freya senza disturbare la bambina. Il suo dilemma si risolse prima che avesse il tempo di appendere il cappotto.

La porta si aprì cigolando. Il problema era che era stata Ella a sgattaiolare fuori.

"Non dormi ancora, eh?" le chiese dolcemente, osservando la bambina che chiudeva la porta in silenzio. "Dov'è tua zia?"

Ella si portò un dito alle labbra e si allontanò in punta di piedi dalla porta. "Si è addormentata piangendo".

Normalmente, Penn avrebbe considerato le sue parole come parte integrante della sua solita teatralità. Ma c'era qualcosa di diverso nel suo tono... e negli occhi cerchiati di rosso. Camminava lentamente verso di lui, con il mento tremante sul petto e gli occhi che evitavano il contatto.

"Ehi, cosa c'è che non va?". Lui si accovacciò su un ginocchio.

Si fermò appena fuori dalla sua portata. "Perché devi andare a Boston?".

"Boston?" chiese. Come diavolo faceva a sapere di Boston?

I Simpson, si rese conto. Freya deve averlo saputo da Myrna.

"È per questo che sta piangendo?" chiese dolcemente, lanciando un'occhiata alla porta chiusa.

"La sua vita è una rovina. Ma sta facendo la martire". Una lacrima scivolò lungo la guancia della bambina e lei la scacciò bruscamente. "*Lui* è qui e lei lo sposerà. Domani".

L'imbroglione di bassa lega! Il furfante calcolatore!

Prese Ella per le spalle e la guardò in faccia. Era la prima volta che la vedeva versare delle vere lacrime. "Il Colonnello Dunbar è venuto *qui*?"

"Fie è scesa al piano di sotto per parlare con lui", disse Ella, tirando su col naso. "Stava piangendo quando è tornata su. Fie non piange mai. L'ho sentita dire a Shona di tenermi qui domani mattina finché non avesse firmato i documenti e fosse tornata".

Che sia maledetto, pensò Penn. Avrebbe dovuto sapere che Dunbar li avrebbe raggiunti qui. Perché la canaglia non si è presentata a Stirling? O a Edimburgo? Pensava di essere preparato per questo.

Ma non lo era, e la notizia dell'incontro tra Dunbar e Freya lo fece rabbrividire.

Penn attirò Ella al suo petto e le diede un bacio sui capelli. "Voglio che tu torni a letto, piccola mia".

"Ma non riesco a dormire. Sono in lutto".

"Non dovresti piangere. Torna a letto e ti prometto che mi occuperò io di tutto".

"Come farai ad occuparti di tutto?", voleva sapere.

"Sarà una sorpresa".

Il viso della bambina si sollevò, gli occhi castani si illuminarono di speranza. "Mi piacciono le sorprese".

"Eccellente. Allora, adesso a letto".

Ella iniziò ad avviarsi e poi si fermò. "Ho una domanda".

"Cosa c'è?"

"Che cos'*è* esattamente il lutto?"

***

Il cameriere al piano di sotto era stato un po' titubante nell'aiutare Penn, ma un piccolo incentivo monetario gli aveva fatto sciogliere la lingua. Il Colonnello aveva chiesto se il Mermaid, una bisca, fosse ancora chiuso. Avendo saputo che era di nuovo aperto, per il momento, se n'era andato.

Il Mermaid si rivelò un covo di topi, situato al piano terra di un edificio fatiscente vicino al porto. Prostitute e ubriachi si aggiravano davanti al locale, riconoscibile da un paio di malviventi in piedi sotto una lanterna verde.

I due energumeni gli diedero un'occhiata e poi uno fece un cenno con il pollice, che Penn interpretò come il permesso di entrare. Ricordandosi di concentrarsi sugli affari che doveva portare a termine, spinse la porta pesantemente sfregiata, abbassò la testa ed entrò nelle stanze puzzolenti e piene di fumo.

Durante i giorni di viaggio, Penn si era fatto l'idea che Freya pensasse che una semplice presentazione del Colonnello a Lady Dacre sarebbe stata sufficiente. E forse era davvero tutto ciò che la vedova richiedeva. Ma dopo quello che Penn aveva sentito da John Simpson, sapeva che una promessa di liquidità futura non era sufficiente per Dunbar. Il Colonnello aveva bisogno di accedere a denaro disponibile ora e lo voleva in fretta. Ogni strozzino in Scozia aveva scagnozzi come i due all'ingresso, che amavano estorcere pagamenti ai debitori. In particolare ai gentiluomini.

Cercando tra le stanze affollate, Penn sapeva che anche lui stava giocando d'azzardo. Stava agendo per conto di Freya mentre lei era ancora all'oscuro delle sue intenzioni. Non si erano dichiarati il loro affetto. Era possibile che fosse fuori strada nel ritenere che lei non volesse sposare Dunbar. E che dire dei sentimenti del padre di lei nei confronti di Dunbar come genero? Questo aspetto della situazione non era mai stato accennato.

Forse si trattava di un azzardo, ma Penn era confidente nelle sue possibilità.

Per la prima volta in vita sua, stava agendo in base agli impulsi emotivi del suo cuore anziché ai ragionamenti razionali della sua mente. Quando vide Dunbar a un tavolo da gioco in una stanza privata in fondo al locale, Penn sperò di fare la cosa giusta.

Si avvicinò al suo rivale e il Colonnello lo guardò fisso, valutandolo. Amico? Agente dello stato maggiore? Un altro giocatore di carte di cui approfittare? Dalla scarsità di monete che aveva davanti, sembrava che Dunbar stesse perdendo.

"Sono il Capitano Pennington, Colonnello", disse, eliminando ogni confusione quando arrivò al tavolo.

Il riconoscimento fu immediato. "Vi sono grato per tutto quello che avete fatto per la signorina Freya in questo viaggio, Pennington". Dunbar fece un movimento verso un posto libero al tavolo. "Le andrebbe di unirsi a noi per bere qualcosa e magari giocare a carte?".

Penn scosse la testa. "Ho bisogno di un momento privato con voi. Ora, se non vi dispiace".

Ci fu una lunga pausa mentre si fissavano. Penn non stava chiedendo. Glielo stava comunicando.

Non aveva mai avuto un temperamento irascibile, come suo padre, il Conte di Aytoun, o suo fratello, il Visconte Greysteil. Non aveva mai chiamato un altro uomo a combattere un duello. Nelle discussioni pubbliche, tendeva a essere la voce della ragione. Ma in questo momento, guardando Dunbar, l'irritazione che stava nascendo in lui gli fece valutare l'opzione di sollevare fisicamente l'uomo da quella sedia.

Un giocatore d'azzardo sopravvive interpretando il volto, i movimenti e l'atteggiamento dell'avversario. Il Colonnello doveva aver colto il pericolo che stava affrontando.

"Voi due signori sareste così gentili da bere qualcosa al bar?", disse Dunbar agli altri giocatori di carte, senza mai staccare gli occhi da Penn. "Offro io, naturalmente, mentre parlo con il caro Capitano. Poi riprenderemo la partita da dove l'abbiamo lasciata. Che ne dite?"

Quando la stanza fu lasciata a loro, Penn si sedette e andò subito al dunque.

"Settemila sterline".

Il Colonnello lo fissò, e il poco colore sul suo viso si esaurì del tutto.

"Vedo che il numero vi suona familiare".

"Cosa posso fare per voi, capitano?".

Penn frugò nella sua giacca e tirò fuori un foglio piegato, posandolo sul tavolo.

"Avete quindici giorni per trovare duemila sterline per pagare Whitey Boyd a Oban, che è noto per sventrare uomini per molto meno. E tra un mese dovrete pagarne altre mille a Everett Read a Inverness, e ho sentito che ha già fatto sapere che vi taglierà la testa. E la cosa peggiore è che siete in ritardo con i quattromila che dovete a Jack MacDonald a Leith, che per quanto ne sappiamo vi sta aspettando fuori".

"Cosa volete?"

"Voglio restituirvi la vostra vita. Voglio darvi quei soldi".

La bocca di Dunbar si aprì come se stesse per parlare, ma non disse nulla. Si limitò a fissare Penn senza capire, mentre quest'ultimo fece scivolare il foglio sul tavolo.

"Voglio fare un accordo".

Dunbar lesse il documento e Penn attese che la comprensione illuminasse i tratti malsani. Spinse via il foglio.

"Volete che rinunci a Torrishbrae per un titolo inutile e nient'altro", si lamentò.

"E settemila sterline".

"Se firmo questo, ne uscirò a malapena in pareggio".

Penn fece scivolare sul tavolo una cambiale di settemila sterline.

Gli occhi di Dunbar si spalancarono a vederla.

"E visto che oggi mi sento particolarmente generoso...". Prese una seconda cambiale dalla giacca. "Questo è il corrispettivo per la firma del contratto. E questo porta il totale a diecimila. Vi va bene?"

Capitolo Dieci

FREYA VOLEVA USCIRE PRIMA che Ella si svegliasse.

Shona sapeva cosa andava fatto e la bambinaia stava aspettando in salotto quando Freya uscì in punta di piedi dalla camera da letto.

"Cosa devo dirgli quando me lo chiederà?". Chiese Shona.

Freya lanciò un'occhiata ansiosa alla porta di Gregory mentre prendeva il suo cappotto. "Digli che non sai dove sono andata. Digli che darò spiegazioni quando tornerò".

"Non sarà troppo tardi allora?".

Freya indossò il cappotto e lo abbottonò. Troppo tardi per cosa? Troppo tardi per giocare con la coscienza di un uomo sinceramente buono? Troppo tardi per fargli cambiare i suoi piani e stravolgere la sua vita? Troppo tardi per essere salvata da un futuro infausto?

In cuor suo, sapeva che era già troppo tardi. Niente poteva cambiare ciò che doveva fare. Amava Gregory e *proprio per questo* non avrebbe fatto nulla per interferire con il percorso di vita che lui aveva scelto. Era vero che lei stessa aveva modificato il suo percorso per sua sorella cinque anni fa. Ma era stata ricompensata con Ella. Una bambina che non avrebbe potuto amare di più se l'avesse partorita lei stessa.

Dopo aver chiesto indicazioni, Freya si avviò a piedi verso il quartiere legale di High Street.

Il vento di dicembre le sferzava il mantello blu con furia selvaggia. Freya si costrinse a mettere da parte i desideri del suo cuore. Doveva concentrarsi sulle nozze che stavano per avere luogo. Non era la prima donna a stringere un'unione senza amore. Tutt'altro, si rimproverò. E aveva le sue buone ragioni per farlo. Con tutte le stelle del cielo come testimoni, avrebbe sorriso e mentito e si sarebbe mostrata soddisfatta agli occhi di Lady Dacre. Avrebbe fatto tutto il necessario per tenere Ella al sicuro con lei.

Ma il futuro ignoto era ciò che continuava a tormentarla.

Temeva quello che suo cugino avrebbe fatto a Torrishbrae e alle persone che dipendevano da lei. E se avesse fatto valere i suoi diritti di marito e le avesse chiesto di lasciare le Highlands? Suo padre dipendeva da lei per gestire la tenuta. Il Colonnello non aveva alcun attaccamento alla terra. Una volta che ne avesse avuto il controllo, non aveva dubbi che l'avrebbe distrutta per soddisfare gli uomini a cui doveva dei soldi. Cercando disperatamente una soluzione, pensò che forse c'era la possibilità di negoziare con l'uomo o con gli uomini con cui suo cugino era in debito. Forse...

I suoi pensieri si fermarono quando si rese conto che stava passando davanti al caratteristico edificio della città conosciuto come i Pilastri. Due porte più avanti arrivò a destinazione.

Doveva entrare, ma i piedi sembravano non volerle obbedire. La campana di una vicina torre dell'orologio suonò le nove, destandola. Alla fine, con un atto di pura volontà, si trascinò fino alla porta dell'edificio. Pensando al motivo per cui lo stava facendo, strinse il pugno di ferro della ragione intorno al suo cuore sanguinante, schiacciandolo per sottomettere tutte le idee romantiche, tutti i sogni, tutte le speranze.

Un impiegato di passaggio la indirizzò verso le scale che portavano all'ufficio dell'avvocato del Colonnello.

La tromba delle scale era buia e senza aria, sembrava un passaggio di un'antica cripta. A ogni passo angosciato che faceva, le appariva davanti il tempo trascorso con Gregory. Le parole che avevano pronunciato danzavano nella sua mente. I ricordi di quei momenti rubati di passione, momenti che pensava l'avrebbero mantenuta sana di mente negli anni a venire, ora minacciavano di soffocarla e farla impazzire.

Alla fine, Freya si trovò davanti alla fatidica porta e trovò la forza di bussare. Il suo mento tremò quando la visione di Gregory ed Ella seduti insieme accanto al fuoco emerse dal pannello di quercia scura della porta. Vide la bambina accoccolata contro di lui, lo sguardo di meraviglia sul suo volto mentre lui la intratteneva con le sue storie. Ricordò la pazienza che dimostrava quando la nipote era troppo stanca e si comportava male. Pensò a loro due che pattinavano sul ghiaccio.

Che tipo di rapporto aveva Dunbar con Ella? Il Colonnello era venuto a Torrishbrae due volte negli ultimi cinque anni e ogni volta si era tenuto a distanza da quel "rumore fastidioso", come l'aveva definita.

Le lacrime le rigarono il viso.

La consapevolezza fu improvvisa e certa come la morte. Era impossibile. Tanto valeva provare a vivere senza respirare. Non poteva farlo, non in questo modo, non nelle condizioni in cui si trovava Dunbar. C'era in gioco molto più del suo futuro. Quello di Ella. Quello di suo padre. Degli affittuari di Torrishbrae.

Si voltò e si affrettò verso le scale. Mentre iniziava a scendere, la porta dell'avvocato si aprì.

"Freya?"

Alla voce di Gregory, si aggrappò al muro. Si fermò e si voltò a guardarlo. La luce entrava nel passaggio buio da dietro di lui e la sua figura alta occupava tutta la porta.

Fece un passo verso di lei. "Ti stavo aspettando".

Lei fissò confusa la sua mano tesa, ascoltando il tamburellare del suo cuore. Stava sognando. Stava immaginando tutto questo. Non poteva essere Gregory, si disse. Lui si trovava alla locanda... con Ella e Shona.

Egli scese i pochi gradini e la cinse con un braccio. "Vuoi entrare con me?"

La giovane donna sbatté le palpebre, lasciando cadere lo sguardo sulle labbra di lui. Poi fissò gli occhi che l'avevano affascinata dal primo momento in cui li aveva guardati.

Dunbar era già lì? Si chiese vagamente.

Nella sua mente regnava il caos. Come poteva esserci anche Gregory? Come se fosse stata colpita da un fulmine, gli permise di condurla verso la porta.

Prima di entrare, lui le passò il pollice sulle guance umide e poi le sfiorò le labbra con le sue.

"Mi dispiace che tu abbia avuto uno shock, ma ho avuto molto da fare questa mattina".

"Stamattina?", riuscì a mormorare.

"Vorrei che entrassi e ascoltassi quello che ha da dire l'avvocato. Puoi farlo?"

"L'avvocato del Colonnello?".

"No. Il mio".

Si sentì travolgere da un'ondata di speranza. "Perché il tuo avvocato dovrebbe essere qui?".

"Entra e siediti... e fidati di me".

Mentre il suo avvocato, Oliver Ogilvie, spiegava ciò che il Colonnello Dunbar aveva accettato, Penn stringeva le dita tremanti di Freya tra le sue e osservava il suo profilo mentre si rendeva conto dell'impatto che questo cambiamento avrebbe avuto sul suo futuro. Lei guardò Penn per un attimo mentre l'avvocato le porgeva i documenti firmati.

"Anche se il Colonnello Dunbar erediterà il titolo di 'barone' dopo la morte di vostro padre, rinuncia a qualsiasi rivendicazione futura su Torrishbrae e sulle relative terre e proprietà del Sutherland", riassunse l'avvocato. "E, come dichiarato nell'ultima pagina, abbandona qualsiasi offerta di matrimonio e vi libera da qualsiasi 'accordo' tra voi due. Lei è libera, signorina Sutherland, di pianificare il suo futuro come meglio crede".

A questo punto, pensò Penn, Dunbar sarebbe stato a metà strada verso Edimburgo per incassare le cambiali che aveva ricevuto in cambio della firma del documento, e Freya era libera di presentarsi davanti a Lady Dacre come una donna ricca e indipendente. Era libera di crearsi un futuro tutto suo. In qualsiasi tribunale avrebbe potuto lottare per la custodia della nipote, perché ora aveva i mezzi per garantire un futuro sicuro a Ella, anche nel momento in cui suo padre non ci sarebbe stato più.

"Se non avete domande da farmi..." dichiarò l'avvocato, alzandosi dalla sedia. Si rivolse a Penn e disse: "Sarò nella camera adiacente, Capitano, se i miei servizi saranno ancora necessari".

Freya aspettò che l'uomo uscisse dalla stanza prima di alzarsi e rivolgere gli occhi pieni di lacrime a Penn.

"Quanto ti è costato tutto questo, Gregory? Come potrò mai ripagarti?".

Lui si alzò in piedi e la avvolse tra le braccia. "Vi chiedo solo di rispondere a una domanda".

Penn poteva vedere il proprio volto riflesso nei gioielli scuri che erano gli occhi di lei.

"Dal primo momento in cui ho posato gli occhi su di te, ho scoperto che non potevo ignorare i miei sentimenti. Non potevo ignorare i cambiamenti che sentivo avvenire dentro di me. Giorno dopo giorno, la mia ammirazione è cresciuta, e con essa il mio affetto. E non è stata solo la tua bellezza a farmi innamorare... è stato il tuo cuore generoso e altruista".

Le baciò le labbra e si ritrasse, guardando fisso in quel viso di cui sapeva che non avrebbe mai più potuto fare a meno.

"Ti amo, Freya".

Lei rimase immobile, incerta se quel momento fosse davvero reale, colta da una tempesta di gioia così forte che si sentì indebolire le ginocchia. Con la paura di sperare, con la paura di credere davvero, lo fissò.

"Ti prego, dimmi che non è tutto un sogno".

Lui sorrise e la strinse a sé. "Se è così, la buona notizia è che stiamo sognando insieme".

La sua vista si offuscò. "Allora, visto che siamo insieme, da svegli o in sogno, dovrei dirti che anch'io ti amo. Ma i sogni sono cose così fugaci. E tu hai dei progetti".

Un ampio sorriso si allargò sul volto di lui. "Non stiamo dormendo, amore mio, anche se questo mondo è ancora nostro. E voglio che tu sappia che *non* andrò a Boston. Quello era un progetto di un uomo che cercava uno scopo nella vita. Un uomo che aveva bisogno di creare una casa e una famiglia. In te ho già trovato entrambe le cose. Se mi vorrai".

Gli posò le mani sul petto. Sotto i polpastrelli, sentì il forte battito del suo cuore sincero.

"Vuoi sposarmi, Freya?".

"Ma la tua famiglia... Le nostre posizioni nella vita sono così diverse", gemette. "Ho promesso a me stessa molto tempo fa che non mi sarei mai trovata nella stessa situazione che hanno affrontato mia sorella e Fredrick, o che hanno affrontato i tuoi amici John e Myrna".

"Non dovrai farlo", la interruppe lui, asciugandole le lacrime dalla guancia. "I miei genitori, i miei fratelli e le mie sorelle non sono affatto come la famiglia di Dacre. Ti garantisco che accoglieranno te ed Ella come se foste loro".

Lei fece per replicare ma lui le premette un dito sulle labbra.

"Puoi fidarti di me, Freya. Dopo tutto, i Pennington sono per metà scozzesi. Ti ameranno come ti amo io. Dimmi che mi sposerai".

Le emozioni le soffocarono le parole in gola. Riuscì solo ad annuire.

La baciò, profondamente e appassionatamente.

"Non voglio farti pensare che ti stavo dando per scontata", disse quando si staccarono dal bacio. "Ma ho colto l'occasione e ho fatto redigere a Ogilvie il contratto di matrimonio".

"Per noi?" chiese. L'amore e la felicità le ribollirono dentro fino a farle credere che sarebbe scoppiata.

Lui annuì. "Allora, cosa ne pensi di due matrimoni? Uno qui, adesso, e il secondo in una chiesa dove la tua famiglia e la mia possano condividere la nostra gioia?".

Scambiarsi le promesse fu una gioia. Firmare e prestare giuramento davanti al signor Ogilvie fu semplice. La consumazione, tuttavia, avrebbe presentato alcune difficoltà. In cima alla lista c'era una bambina di nome Ella.

Tra un bacio e l'altro durante il viaggio in carrozza verso la locanda, Freya apprese che sua nipote aveva incontrato Gregory la sera precedente e gli aveva detto dell'arrivo di Dunbar. Ora, mentre i due sedevano mano nella mano nel salotto, raccontando gli ultimi eventi alla bambina di cinque anni, Ella prima saltò di gioia e poi si prese subito il merito di tutto.

Poi iniziò l'inquisizione.

"Siete sposati come il capitano Simpson e la signora Simpson?", chiese la nipote.

"Certamente", rispose Gregory.

Rivolse la domanda successiva a Freya. "Siete sposati come Shona e Dougal?".

"Sì".

Ella fece una smorfia, come se non fosse troppo entusiasta di quella sistemazione. "Mi è permesso venire nella vostra camera da letto quando siete a letto?".

"No", rispose lei.

"Ma se bussi", spiegò Gregory, "uno di noi ti verrà a prendere. Ma non finché non saremo pronti per te".

"Perché?"

"Perché sarebbe inappropriato", le disse Freya. "Un marito e una moglie hanno bisogno della loro privacy".

"Perché?"

Freya non ricordava che sua nipote fosse così curiosa riguardo a Shona e a suo marito. "A volte abbiamo bisogno di... parlare. Solo noi due".

"Mi coprirò le orecchie quando entrerò". Si coprì le orecchie con le mani, mostrando loro come avrebbe fatto.

"Devi comunque bussare", le ricordò Freya. "E aspettare".

Ella tirò su le gambe e si sedette a gambe incrociate sulla sedia. Si stava preparando per una lunga chiacchierata. "Solo chiacchiere? E per quanto riguarda il ballo"

Gregory lanciò un'occhiata preoccupata a Freya, che era sicura che anche lui stesse ricordando il giorno in cui Ella si era agitata in carrozza, pensando che la danza fosse responsabile della nascita dei bambini. Guardò la nipote.

"Balleremo anche noi", disse dolcemente. Lo sguardo di Ella si fissò immediatamente sulla pancia di Freya. "Ma starò bene, amore mio. Non ti lascerò".

L'espressione della bambina tradiva i suoi dubbi e Freya la sistemò sulle sue ginocchia.

Stringendo Ella tra le braccia, sussurrò: "Ti voglio bene. Non ti lasceremo *mai*. Sarai nostra".

Soddisfatta, Ella si liberò e si tuffò tra le braccia di Gregory. Freya li osservò, con gli occhi un po' lucidi, mentre le manine della bambina cullavano il viso di lui e lei lo guardava negli occhi.

"Come ti chiamo adesso?", chiese.

"Penn? Papà? Gregory? Zio? Tutto quello che vuoi", disse gentilmente.

Ella annuì pensierosa, gli posò un bacio sulla fronte e poi indicò la propria fronte. Gregory ricambiò con un sorriso. Si scambiarono poi dei baci su ogni guancia prima che la bambina si affrettasse poi a scendere.

In piedi di fronte a loro, guardò l'uno e l'altro.

"Fie e Gag", disse.

"Mi piace", disse Gregory, tirando Freya accanto a sé.

Capitolo Undici

Le regole sono regole, ma fare l'amore in viaggio con una bambina di cinque anni decisa ad attirare l'attenzione nel momento peggiore si stava rivelando una sfida. Dopo un giorno in più a Dundee e due giorni a Stirling, Ella continuava a irrompere nella loro stanza nel momento più inaspettato. Un mal di stomaco. Un brutto sogno. Il forte russare di Shona. E l'altra notte aveva detto che stava morendo di fame e non riusciva a dormire.

La prima notte, Shona aveva tenuto Ella lontana per almeno metà della notte. Da allora, Freya e Gregory si ritrovarono a fare l'amore quando e dove se ne presentava l'occasione, rubando momenti eccitanti, infuocati e tremendamente soddisfacenti.

Nella carrozza sulla strada per la cima della Dundee Law mentre Ella insegnava a Dougal a giocare a backgammon alla locanda. Contro un antico armadio nella loro camera da letto mentre Shona faceva il bagno alla bambina accanto al fuoco nel salotto. A Stirling, dove Gregory conosceva un vecchio amico di stanza al castello innevato, avevano fatto l'amore nel suo ufficio privato mentre il maggiore mostrava a Ella, con Shona al seguito, i giardini dell'ex residenza reale. Freya arrossiva ancora al ricordo dell'estasi che lei e Gregory avevano condiviso sulla scrivania di quell'uomo.

Lo sguardo di Freya si sollevò dal suo libro per raggiungere il marito. Era seduto con Ella nel salotto della bella casa di Edimburgo dei Pennington. I due tenevano le teste unite, bisbigliando a bassa voce e lanciandole occasionali occhiate maliziose.

Li amava e amava vedere il legame che si era formato tra loro. Freya apprezzava soprattutto la comprensione e la pazienza di Gregory per le interruzioni notturne di Ella. Aveva capito che, mentre erano in viaggio e lontani dalla routine di casa, la bambina aveva bisogno di attenzioni.

Shona sollevò lo sguardo dalla sua macchina da cucire e inarcò un sopracciglio in direzione della sua protetta. Era passata l'ora di andare a letto per Ella.

Freya iniziò a ricordarlo alla nipote, ma si fermò sorpresa quando la bambina abbracciò Gregory e poi attraversò la stanza per dare anche a lei l'abbraccio della buonanotte.

"Conto su di te, Fie", disse. Prendendo Shona per mano, Ella condusse la sua bambinaia fuori dal salotto e su per le scale.

Conti su di me? Guardò la nipote, chiedendosi il motivo della sua allegria.

Qualche istante dopo, Gregory si alzò in piedi e il sorriso che le rivolse le strinse il petto con l'amore che recava nel cuore. Non pensava che si sarebbe mai abituata a quanto fosse bello o a quanto si sentisse senza fiato quando lui la guardava in quel modo.

"Cosa intende per 'contare su di me'?" gli chiese, mentre lui attraversò pigramente la stanza. Lui le tolse il libro di mano, lo mise da parte e la tirò in piedi.

"Vieni", disse lui, intrecciando le dita con le sue e conducendola su per le scale fino alla loro camera da letto.

Ogni notte iniziava così, ma pochi istanti dopo la chiusura della porta Ella era lì a reclamare la loro attenzione.

Freya sentì la porta chiudersi e si guardò alle spalle mentre Gregory si muoveva dietro di lei per slacciare i bottoni del vestito.

"Quanto tempo pensi che abbiamo?" chiese.

Rabbrividì per l'eccitazione quando le labbra di lui le sfiorarono il lato del collo.

"Abbiamo tutta la notte".

Non voleva rovinare la magia di questo momento ricordandogli le notti passate. Invece, Freya raccolse i capelli da un lato mentre le forti dita di Gregory le slacciavano e sfilavano il vestito sulla schiena.

Lui le abbassò il vestito sulle braccia e lei guardò nervosamente la porta. "Pensi che dovremmo mettere una sedia davanti?".

La bambina era decisamente confusa su quali fossero motivi appropriati per bussare alla loro porta. L'altra sera aveva dato un leggero colpetto, seguito da una spallata.

"Forse quella scrivania", suggerì poi Freya. "Noi due dovremmo essere in grado di spostarla".

Ancora preoccupata di come Ella sarebbe riuscita ad entrare nella loro stanza, Freya lo sentì ridacchiare tra sé e sé, ma fu momentaneamente distratta dalla sensazione delle dita di lui che si muovevano sul suo corpo.

"La finestra", disse con cautela, facendo un passo verso di essa. "Non c'è un balcone fuori? Dovremmo controllare se riesce a raggiungere...".

Le sue parole scomparvero quando lui la girò e lei si accorse che era nudo di fronte a lei. *Nudo.* Percorse il suo corpo con lo sguardo.

"Quando mi hai spogliato?" chiese, rendendosi conto che erano entrambi nudi come il giorno in cui erano nati. La timidezza lasciò rapidamente il posto all'eccitazione e il desiderio si accese in lei come una fiamma.

"Sei stupenda", disse, con la voce roca e piena di sentimento.

Il corpo di lei sussultava mentre lui le accarezzava i seni e il ventre prima di chinarsi e prenderle un capezzolo tra le labbra.

Lei sospirò di piacere e lasciò ricadere la testa all'indietro. "Ti prego, costruisci una fortezza e fai in modo che nessuno ci interrompa almeno per un'ora", gemette.

"Abbiamo tutta la notte", ripeté lui, succhiando forte l'altro seno.

La mano di lui scivolò giù sul suo monte fino a raggiungere il suo sesso in attesa. Freya inspirò bruscamente e con le dita gli strinse la testa mentre il piacere continuava a crescere in lei.

All'improvviso, lui la sollevò da terrà e la portò sul letto.

"Mio Dio, sei bellissima", disse con decisione, baciandole le labbra.

Sentendo il bisogno di lui in modo quasi doloroso, aprì le braccia verso di lui mentre saliva sul letto con lei. "Ti prego, vieni da me adesso. Sbrigati. Fai l'amore con me. Prima che ci interrompano".

La sua risata la avvolse come seta.

"Non stasera, mio carissimo amore".

Fece scivolare il corpo lungo il letto, facendo scorrere la bocca lungo ogni costola, circondando l'ombelico con la lingua e scendendo più in basso. Non avevano mai avuto abbastanza tempo per una cosa del genere. Lei rabbrividì per l'attesa e il piacere.

Porte. Finestre. Shona sarà un angelo e terrà Ella lontana abbastanza a lungo?

Tutti i pensieri di interruzione scomparvero quando Gregory fece scivolare le mani sotto il suo sedere e fece scorrere la lingua lungo le labbra del suo sesso. Una frenesia esplose dentro di lei. Quasi uscì dalla sua pelle per la forza della sensazione. Mentre lui continuava, implacabile, ad aumentare l'intensità dei baci con la lingua e la bocca, la sua mente si svuotò di tutte le preoccupazioni e si concentrò sull'imminente liberazione. Poi, quando lui succhiò il cuore del suo piacere, lei andò in frantumi, spinta oltre il limite della ragione, esplodendo in un'altra dimensione stellata, i suoi gemiti di liberazione che riecheggiavano intorno a lei.

Mentre fluttuava in quello stato etereo, era solo vagamente consapevole del corpo di lui che si muoveva su di lei, della bocca che si chiudeva sulla sua.

Improvvisamente, aveva bisogno di lui, lo voleva dentro di sé. Le sue dita scesero lungo i muscoli tesi del suo stomaco e avvolsero la lunghezza vellutata della sua erezione. Sentì il suo respiro affannoso mentre guidava la testa liscia verso l'apertura del suo sesso.

"Prendimi, amore mio", implorò, temendo ancora una volta l'imminente bussare alla porta.

Lui entrò in lei, all'inizio lentamente e lei si sentì allargare per accoglierlo tutto.

Come le altre volte che avevano fatto l'amore, lei si aspettava che lui si affrettasse, ma stasera si prese il suo tempo. Sentendolo completamente dentro il suo corpo, sospirò di piacere e si avvolse intorno a lui mentre lui iniziava a muoversi. I colpi lunghi e deliberati le procurarono un brivido diverso, spingendola più in alto mentre lo guardava negli occhi e sentiva la pelle di lui inumidirsi sotto il tocco delle sue dita.

La porta, la finestra e le interruzioni non significavano più nulla. Il suo corpo si sollevava a ogni colpo e la sua mente si svuotava di tutto tranne che dell'uomo che amava.

Lui allungò la mano tra i loro corpi e la toccò, e lei venne ancora una volta. Questa volta la sua liberazione continuò fino a quando il suo nome non divenne un canto soffocato contro la spalla di lui.

Un attimo dopo, lui le afferrò i fianchi e, con i muscoli contratti, sussurrò il suo nome mentre si riversava dentro di lei.

Freya si meravigliò della sua bellezza, della sua forza e del suono del suo nome sulle sue labbra. Alla fine, esausto, si accasciò su di lei e la sua testa si abbassò sulla curva della sua gola.

Entrambi cercarono di riprendere fiato. I loro corpi erano ancora uniti. Una calda sensazione di felicità e appagamento la pervase. Non desiderava essere in nessun altro posto al mondo. Non desiderava nient'altro che la felicità di una vita con lui.

Guardò la porta ancora silenziosa e sorrise. Con lui e con Ella.

"Con cosa l'hai ricattata?" chiese con un sospiro soddisfatto.

"Con un bambino".

Sollevò la testa e la guardò dall'alto.

"Vuole un fratellino o una sorellina. Le ho semplicemente detto che dobbiamo ballare tutta la notte... senza interruzioni".

Lei sorrise e avvicinò le labbra alle sue. "Il mio geniale marito".

Epilogo

Vigilia di Natale

BARONSFORD SI STAGLIAVA SOPRA il lago ghiacciato, maestosa e imponente, le finestre illuminate dalle candele. Delle torce ardenti illuminavano i sentieri che conducevano dalla casa alla distesa ghiacciata, con diramazioni che portavano ai magnifici giardini.

La famiglia Pennington, i suoi affittuari, i vicini e gli ospiti si erano riuniti per i loro festeggiamenti tradizionali e l'annuale festa di pattinaggio della vigilia di Natale era in corso. L'intera famiglia, dagli anziani conte e contessa fino all'ultimo stalliere e all'ultima cameriera, stava partecipando ai festeggiamenti che si sarebbero protratti fino alla cena di Natale del giorno successivo e al grande ballo del giorno dopo ancora.

I pattini di Freya tagliarono il ghiaccio e lei si fermò. I suoi occhi furono attratti dai cantori di Natale che cantavano accanto al falò scoppiettante in riva al lago, dove il wassail veniva versato in grandi ciotole e fatto passare in giro. Le fiamme luminose si rifllettevano sui volti felici arrossati dal freddo e dalle bevande .

Tutto questo sembrava a un sogno gioioso. Erano arrivati a Baronsford due giorni fa e Freya era stata travolta dalla gioia e commossa fino alle lacrime dall'accoglienza che la famiglia aveva riservato a lei ed Ella. Sapevano già che lei e Gregory si erano sposati. Lui aveva scritto ai suoi genitori e ai suoi fratelli da Dundee nello stesso momento in cui lei aveva scritto a suo padre.

Non si era preoccupata della reazione di suo padre. Il Barone Sutherland era sicuro del giudizio di lei come era sicuro che il sole sarebbe sorto a est. E tuttavia, il suo sollievo fu sconfinato nel sapere che anche la famiglia di Gregory festeggiava la loro unione. Freya non aveva avuto dubbi che suo padre avrebbe preparato le valigie per venire a sud per il matrimonio in chiesa, appena pochi minuti dopo aver letto la sua lettera.

Il giorno prima era arrivata anche Lady Dacre. Con Gregory e il resto della famiglia Pennington al suo fianco, Freya aveva incontrato la vedova e presentato Ella alla nonna con sicurezza. La reazione era stata migliore di quanto si aspettassero. La signora, fragile e anziana, era entusiasta. Le sue preoccupazioni sul benessere della bambina avevano trovato risposta.

Freya respirò l'aria frizzante della notte e guardò l'alto e affascinante pattinatore che le si stava avvicinando. I suoi occhi scintillarono mentre sorrideva e le faceva scivolare un braccio attorno.

"Freddo?" Chiese Gregory.

"Neanche un po'". Si accoccolò contro di lui.

"Contenta?"

"Molto".

Intorno al lago erano stati accesi una ventina di fuochi più piccoli, tra i quali i pattinatori scivolavano a coppie e a gruppi. I più giovani correvano, ridendo mentre urtavano gli anziani e gli altri. Al centro di tutte queste attività, vide Ella conquistare la scena tra le sorelle di Gregory, mentre le giovani donne ridevano ascoltando i racconti e le buffe storie della bambina.

"Non riusciremo a vivere con lei dopo tutte queste attenzioni", gli disse.

"Avremo davvero molte difficoltà a portarla con noi a Torrishbrae", la avvertì con un sorriso. "Mia madre è innamorata di lei e anche le mie sorelle. Mia cognata, Grace, ritiene che Ella sia la bambina più divertente e affettuosa che abbia mai conosciuto in vita sua".

"Forse dovrò tenerle una lezione su come sono realmente i bambini. Sappiamo entrambi che Ella è un piccolo elfo selvaggio vestito da ragazza".

Entrambi sorrisero mentre i loro sguardi si rivolgevano alla figura di Grace, incinta, che scendeva dalla collina sorretta dal visconte Greysteil, suo marito. La loro storia era affascinante, pensò Freya, perché proprio lo scorso maggio la giovane donna era arrivata a Baronsford, mezza morta in una cassa destinata a sua signoria.

"Andiamo di là", suggerì Gregory.

Insieme, pattinarono fino a dove gli anziani della famiglia erano riuniti accanto a un fuoco ai margini del ghiaccio. Lady Dacre si sedette accanto a Lady Aytoun su una panchina.

Apparve anche Ella, danzando intorno a loro come un folletto sui pattini.

"Millicent, non so dirti che tranquillità mi dà vedere questi due insieme", disse Lady Dacre.

"Siamo tutti estremamente felici", disse la madre di Gregory, raggiante.

Quando Grace e il visconte li raggiunsero, Lady Dacre si rivolse loro. "Devo ringraziarvi, Greysteil, per aver chiesto a vostro fratello di accompagnare queste due signorine ai Borders. Vi sono molto grata per averli fatti incontrare".

"Ma non è stata affatto opera di Sua Signoria", esclamò una vocina.

Gli occhi di tutti si rivolsero a Ella, in piedi al centro del gruppo, che si guardava intorno per assicurarsi di avere l'attenzione di tutti.

"Sono io che ho organizzato il loro dannato matrimonio!".

Grazie per aver letto *Il Dolce Natale delle Highlands*. Se ti è piaciuto, ti prego di lasciare una recensione online.

E assicurati di dare un'occhiata a *Accadde Nelle Highlands*, il prossimo romanzo completo di questa serie. Goditi questa storia di una sposa tradita, un duello all'alba, un segreto a lungo nascosto... e una seconda possibilità d'amore.

Lady Jo Pennington è stata abbandonata dal suo fidanzato quando si sono diffuse le voci sulle sue discutibili origini. I suoi genitori adottivi le hanno sempre fornito l'amore e la protezione di cui aveva bisogno per sentirsi sicura. Negli ultimi sedici anni, si è plasmata per soddisfare le aspettative degli altri. Quando riceve un pacco dalle Highlands contenente degli schizzi in cui la donna raffigurata ha un aspetto stranamente familiare, Jo crede di aver trovato un indizio sull'identità della sua madre naturale.

Quando il capitano Wynne Melfort pose fine al suo fidanzamento con Jo Pennington sedici anni fa, non avrebbe mai immaginato di rivederla. Ma dopo aver scoperto informazioni che potrebbero rivelare la verità sulla discendenza di Jo, Wynne si sente in dovere di riparare a un vecchio torto e di informarla della sua scoperta. Non si aspettava che i sentimenti sepolti da tempo riaffiorassero.

Mentre si sforzano di svelare il mistero della sua nascita, Jo deve imparare a fidarsi dell'uomo che un tempo l'aveva respinta e Wynne deve riconciliare la sua testa con il suo cuore. Ma quando i segreti

del passato iniziano a venire a galla, le forze del male non si fermeranno davanti a nulla per impedire a Jo di scoprire la verità e reclamare la sua eredità. Insieme, Jo e Wynne devono combattere la
minaccia mortale che si cela nelle profondità delle nebbie delle
Highlands.

Nota dell'autore

Speriamo che ti sia piaciuta la storia di Gregory e Freya, un altro racconto della nostra saga della famiglia Pennington. Per chi ha letto i nostri lavori precedenti, conoscerai Millicent e Lyon, il Conte di Aytoun, da *Sogni Presi in Prestito*, così come Grace e Hugh da *Il Mio Amante Scozzese*.

Il Dolce Natale delle Highlands è uno dei dieci romanzi e novelle che compongono la serie multigenerazionale della famiglia Pennington.

Se hai dell'interesse, ecco l'elenco completo:

La Promessa (*USA Today* Bestseller) - In fuga per la sua vita in un viaggio disperato verso l'America, Rebecca Neville promette alla moglie morente del Conte di Stanmore di crescere e prendersi cura del figlio appena nato, James. Dieci anni dopo, il conte di Stanmore viene a sapere del bambino. Invia nelle colonie il suo giovane erede in modo da poterlo crescere come un pari del regno. Con nessuna intenzione di rinunciare al suo voto, Rebecca torna in Inghilterra con James per affrontare un futuro senza il suo amato figlio, ma deve anche affrontare il suo tumultuoso passato.

Nota dell'autore

Il Ribelle - Jane Purefoy, figlia di un magistrato inglese, assume le sembianze del famigerato ribelle irlandese Egan e guida una banda segreta di rivoluzionari contro la brutalità delle truppe coloniali. Sir Nicholas Spencer si sta recando in Irlanda per corteggiare la sorella minore di Jane. Quando si imbatte in Egan, Sir Nicholas smaschera il leggendario ribelle e scopre Jane. Ammaliato da lei, decide di mantenere il suo segreto e si imbarca in un rischioso piano di seduzione che getterà la famiglia di lei nel caos, il paese nella ribellione e il suo cuore in preda a un amore che non potrà mai essere.

Sogni Presi in Prestito (RT Award for Best British-Set Historical) - Spinta a rimediare al male causato dal marito defunto e a dover affrontare la rovina finanziaria, Millicent Wentworth deve contrarre un matrimonio di convenienza con il famigerato "Signore dello Scandalo" Lyon Pennington, il Conte di Aytoun. Lyon è un uomo devastato da un tragico incidente che ha ucciso la sua prima moglie e lo ha lasciato gravemente ferito. Pieno di disperazione, si lascia convincere con riluttanza a partecipare a un matrimonio indesiderato. Una nuova versione de "La Bella e la Bestia".

Sogni Catturati - Portia Edwards è disposta a tutto pur di ritrovare la famiglia che non ha mai conosciuto. E quando incontra il mercante Pierce Pennington - il fratello minore di Lyon Pennington - Portia ha l'occasione perfetta per chiedergli aiuto. Ma il suo orgoglio testardo la fa tacere. Questo fino a quando non riconosce la sua forte attrazione per l'uomo coraggioso che, di notte, è conosciuto come il famigerato Capitano MacHeath, che contrabbanda armi via mare sotto la coltre delle tenebre, tutto in nome della libertà...

Sogni del Destino - Ferito dallo scandalo e dall'omicidio irrisolto di sua cognata, David Pennington è esteriormente insolente e arrogante. Ma nulla gli impedisce di accompagnare la sua amica d'infanzia, Gwyneth Douglas, in Scozia per salvare l'ereditiera scozzese dai cacciatori di dote. Ma il loro arrivo in Scozia comporta un terribile pericolo. Ora, se sperano di soddisfare desideri a lungo nascosti, dovranno sventare il male che minaccia di distruggere le loro vite...

Il Mio Amante Scozzese - Hugh Pennington, un eroe delle guerre napoleoniche, è ora un vedovo addolorato con un desiderio di morte. Quando riceve una cassa attesa dal continente, rimane scioccato nel trovare all'interno una donna quasi morta. La sua identità è sconosciuta e la manciata di monete americane e il prezioso diamante cucito sul suo vestito non fanno che infittire il mistero. Grace Ware è una nemica della Corona inglese. Cercando di sfuggire agli assassini di suo padre, non si sarebbe mai aspettata che la sfortuna la depositasse nella casa di un aristocratico nei Borders scozzesi. Mentre si sforza di mantenere segreta la sua identità, un duello d'ingegno si trasforma rapidamente in passione e romanticismo... fino a quando il pericolo si presenta alle porte di Baronsford, minacciando di separare i due amanti o di distruggerli entrambi.

Il Dolce Natale delle Highlands (Finalista al RITA© Award) - Freya Sutherland è una zia disperata che cerca di mantenere la custodia della sua giovane e precoce nipote, Ella, anche se questo significa sposarsi per sicurezza invece che per amore. Il capitano Gregory Pennington, da poco in pensione, non desidera altro che tornare a casa in tempo per Natale, ma gli viene chiesto di scortare alcuni viaggiatori dalle Highlands ai Borders. I suoi piani non includono una moglie e un figlio, e Freya ha delle responsabilità come tutrice di Ella. Con Ella che cospira per farli incontrare, Penn e Freya potrebbero vivere un po' di magia natalizia.

Accadde Nelle Highlands - La vita di Lady Josephine Pennington fu quasi distrutta quando si diffusero voci sulla sua discutibile discendenza. Anni dopo, quando riceve un pacco dalle Highlands contenente gli schizzi di una donna molto simile a lei, Jo crede di aver trovato un indizio sull'identità della sua madre naturale. Quando il capitano Wynne Melfort fu costretto a porre fine al suo fidanzamento con Jo Pennington sedici anni fa, non avrebbe mai immaginato di rivederla. Ma soprattutto, non si aspettava che i sentimenti a lungo ritenuti morti sarebbero riaffiorati. Mentre si sforzano di svelare il mistero della sua nascita, Jo deve imparare a fidarsi di Wynne. E quando i segreti del passato iniziano a venire a galla, le forze del male non si fermeranno davanti a nulla per impedire a Jo di scoprire la verità e reclamare la sua eredità.

Insonne in Scozia - Lady Phoebe Pennington rischia la vita per smascherare i leader politici corrotti di Edimburgo, scendendo persino negli inferi della città. Una notte, poi, sfugge per poco alla morte e finisce tra le braccia del fratello della sua migliore amica assassinata. Il capitano Ian Bell è un uomo tormentato che sta lottando contro il dolore e il senso di colpa per la perdita di sua sorella e sta ancora dando la caccia al suo assassino. Il destino li ha fatti incontrare, ma la fiducia è sfuggente e il pericolo si nasconde nei vicoli bui della città. Phoebe è l'unica ad aver visto il volto dell'assassino della sua amica e le sinistre ombre del male sono più vicine di quanto lei e Ian immaginino.

Carissima Millie - Il futuro di Lady Millie Pennington sembra luminoso finché il destino non le riserva una tragica mano sotto forma di cancro. Dermot McKendry è un ex chirurgo della Royal Navy che è tornato per aprire un ospedale nelle Highlands. La Provvidenza li fa incontrare, ma le calamità della vita metteranno a dura prova il potere di guarigione del cuore umano.

Come Scaricare un Duca - Lady Taylor Fleming è un'ereditiera con un pretendente alle calcagna. Il suo piano passo dopo passo per scaricarlo è semplice. Ma il Duca di Bamberg non è affatto semplice. Taylor cerca di fuggire nel rifugio delle Highlands, ma i suoi piani si complicano quando il duca arriva alla sua porta e i suoi fedeli alleati la abbandonano. E anche con i piani migliori, le cose possono andare storte...

Un Principe Nella Dispensa - Il principe Timur Mirza, erede al trono persiano, è in missione diplomatica in Inghilterra per scegliere una sposa. Piuttosto che partecipare a un grande ballo, Timour desidera un'ultima notte di libertà. Pearl Smith è cresciuta nell'élite londinese. Ma un rovescio di fortuna ha fatto finire il padre nella prigione dei debitori e lei si è ridotta a lavorare come serva, vittima inconsapevole dell'invidia velenosa di un vecchio amico. Ma c'è magia nella luce della luna piena e l'amore può arrivare quando meno te lo aspetti...

E se ti interessa una storia d'amore di seconda opportunità con un colpo di scena, assicurati di dare un'occhiata a *Jane Austen Non Può Sposarsi!*

Come autori, amiamo il feedback. Scriviamo le nostre storie per i nostri lettori e ci piacerebbe sentire il tuo parere. Siamo in costante apprendimento, quindi ti preghiamo di aiutarci a scrivere storie che apprezzerai e consiglierai ai tuoi amici. Iscriviti per ricevere notizie e aggiornamenti e seguici su BookBub.

Come sempre, se ti è piaciuto *Il Dolce Natale delle Highlands,* lascia una recensione online e non perdere la storia di Jo Pennington in *Accadde Nelle Highlands.*

Informazioni Sugli Autori

Gli autori bestseller di *USA Today* Nikoo e Jim McGoldrick hanno realizzato oltre cinquanta romanzi dal ritmo incalzante e ricchi di conflitti, oltre a due opere di saggistica, con gli pseudonimi di May McGoldrick, Jan Coffey e Nik James.

Questi popolari e prolifici autori scrivono romanzi storici, suspense, gialli, western storici e romanzi per giovani adulti. Sono quattro volte finalisti del Rita Award e hanno vinto numerosi premi per la loro scrittura, tra cui il Daphne DuMaurier Award for Excellence, un Will Rogers Medallion, il *Romantic Times Magazine* Reviewers' Choice Award, tre NJRW Golden Leaf Award, due Holt Medallion e il Connecticut Press Club Award for Best Fiction. Le loro opere sono incluse nella collezione Popular Culture Library del National Museum of Scotland.

Also by May McGoldrick, Jan Coffey & Nik James

NOVELS BY MAY McGOLDRICK

16th Century Highlander Novels

A Midsummer Wedding *(novella)*

The Thistle and the Rose

Macpherson Brothers Trilogy

Angel of Skye (Book 1)

Heart of Gold (Book 2)

Beauty of the Mist (Book 3)

Macpherson Trilogy (Box Set)

The Intended

Flame

Tess and the Highlander

Highland Treasure Trilogy

The Dreamer (Book 1)

The Enchantress (Book 2)

The Firebrand (Book 3)

Highland Treasure Trilogy Box Set

Scottish Relic Trilogy

Much Ado About Highlanders (Book 1)

Taming the Highlander (Book 2)

Tempest in the Highlands (Book 3)

Scottish Relic Trilogy Box Set

Love and Mayhem

18th Century Novels

Secret Vows

The Promise (Pennington Family)

The Rebel

Secret Vows Box Set

Scottish Dream Trilogy (Pennington Family)

Borrowed Dreams (Book 1)

Captured Dreams (Book 2)

Dreams of Destiny (Book 3)

Scottish Dream Trilogy Box Set

Regency and 19th Century Novels

Pennington Regency-Era Series

Romancing the Scot

It Happened in the Highlands

Sweet Home Highland Christmas *(novella)*

Sleepless in Scotland

Dearest Millie *(novella)*

How to Ditch a Duke *(novella)*

A Prince in the Pantry *(novella)*

Regency Novella Collection

Royal Highlander Series

Highland Crown

Highland Jewel

Highland Sword

Ghost of the Thames

Contemporary Romance & Fantasy

Jane Austen CANNOT Marry

Erase Me

Tropical Kiss

Aquarian

Thanksgiving in Connecticut

Made in Heaven

NONFICTION

Marriage of Minds: Collaborative Writing

Step Write Up: Writing Exercises for 21st Century

NOVELS BY JAN COFFEY

Romantic Suspense & Mystery

Trust Me Once

Twice Burned

Triple Threat

Fourth Victim

Five in a Row

Silent Waters

Cross Wired

The Janus Effect

The Puppet Master

Blind Eye

Road Kill

Mercy (novella)

When the Mirror Cracks

Omid's Shadow

Erase Me

NOVELS BY NIK JAMES

Caleb Marlowe Westerns

High Country Justice

Bullets and Silver

The Winter Road

Silver Trail Christmas